零点超人

2

银河冒险

［美］R.L. 乌尔曼 著　　李镭 译

C1S 湖南少年儿童出版社·长沙
PUBLISHING & MEDIA
中南出版传媒　HUNAN JUVENILE & CHILDREN'S PUBLISHING HOUSE

著作权合同登记号：字18-2024-116

图书在版编目（CIP）数据

零点超人. 2, 银河冒险 / (美) R.L.乌尔曼著；李
镭译. -- 长沙：湖南少年儿童出版社, 2024.5
　　ISBN 978-7-5562-7662-2

　　Ⅰ.①零… Ⅱ.①R… ②李… Ⅲ.①儿童小说—幻想
小说—美国—现代 Ⅳ.①I712.84

中国国家版本馆CIP数据核字(2024)第107648号

LINGDIANCHAOREN 2 YINHE MAOXIAN

零点超人 2 银河冒险

［美］R.L.乌尔曼 著　　李镭 译

责任编辑：徐强平　段健蓉
装帧设计：曹希予

——————————————————————————————————

出版人：刘星保
出版发行：湖南少年儿童出版社
社址：湖南省长沙市晚报大道89号　　　　邮编：410016
电话：0731-82196330（办公室）
常年法律顾问：湖南崇民律师事务所　　　柳成柱律师

——————————————————————————————————

经销：新华书店　　　印刷：湖南天闻新华印务有限公司
印张：6.5　　　　字数：120千字
开本：880 mm × 1230 mm　1/32
版次：2024年5月第1版
印次：2024年5月第1次印刷
定价：102.00元（3册）

——————————————————————————————————

质量服务承诺：若发现缺页、错页、倒装等印装质量问题，可直接向天使文化调换。
读者服务电话：0731-82230623
盗版举报电话：0731-82230623

★ ★ ★

献给琳恩

我的神奇女士

目录

· 第一章 ·

我一定是有史以来
最差劲的超级英雄

说实话，我早就应该被炸成碎渣渣了。不过不知为什么，我还站在这里。

一辆停着的汽车挡在我面前，我从它的引擎盖上滑过去，用斗篷裹住屁股，躲到车窗下面。我急需几秒钟来喘口气。据说我是宇宙中最强大的超级英雄，现在我觉得这话真的很打脸。

我听到远处传来一阵脚步声，立刻就像掉进蛇窝里的耗子一样一动也不敢动，脑子里转的念头全都是"请让我掉进下水道里吧"。

但我没那么好运。

脚步声越来越响、越来越近。突然，它停住了。

我屏住呼吸，四下里一片寂静，仿佛永远会这样。

就在这时，我听到一阵气流的呼啸声。

我立刻从车旁边蹿出去，因为我听到的是火箭弹撕裂空气的声音。那辆车被炸上了天，我也被气浪掀起，越过一排尖刺篱笆，头朝下撞向学校广场的柏油地面。我将头埋在膝盖间，连打了好几个滚。但是当我跳起来的时候，还是感到左肩膀像火烧一样痛——那里好像脱臼了。

不过现在也不是只有坏消息。幸好现在还是深夜，学校里没什么小孩子，生命受到威胁的大概只有我自己。而且，这样我不会感到很没面子。

至少我不会在我的家人面前丢脸。

要知道，我生活在一个超级英雄家庭里。我的家人可不是一些穿着紧身衣和斗篷到处惹是生非的家伙，他们是自由力量——这颗星球上最强大的超能者团队。超能者又被称为"奇迹者"，可能是人，也可能是动物或者植物（是的，我知道你也许早就听过这样的说法）。超能者的共同特点就是拥有超乎寻常的能力——奇迹能力。奇迹能力一共分为九个大类，包括能量操纵、飞行、魔法、变身、精神力量、超级智力、超级速度和超级体能，还有一种最新的类别——奇迹控制。

每一种能力类型还会根据强弱分为不同的等级：第一等级意味着强度有限，第二等级意味着强大，第三等级则意味着强度达到了极限。完全没有奇迹能力的人属于零奇迹者，简而言之就是"零"。

我曾经就是一个"零"，但现在已经不是了。

不过有时候，我对后面那半句话并不是那么有信心。

我是一名奇迹控制者，能够消除其他人的奇迹能力。也就是说，无论是第一、第二还是第三等级的超能者，在我这里都会变成"零"。除了奇迹捕手——所有坏人中最坏的那一个，已知的奇迹控制者就只有我。奇迹捕手死在了禁地监狱的一场战斗中，所以我是眼下唯一还活着的奇迹控制者。

我曾经利用自己的能力控制了湮灭球——一个拥有不可思议的力量的宇宙生命体，战胜了光灵——一个疯狂的外星变身种群，拯救了世界，所以我应该是很强大的。不久之前对我的测试也表明我的能力属于第三等级。

从表面上看，一切都好极了。我拥有了奇迹能力，成了自由力量的一员，还给自己起了个英雄称号——"零点超人"，并穿上了超级英雄制服，和坏人作战。我简直就是生活在美梦里！

那么，现在又是怎么回事？呃，这就说来话长了。

我的能力就是我的问题。

让我给你举个例子。两个星期前，奇迹超脑发现有人闯入"武装科技"——一家与政府合作的武器制造厂。于是我们登上自由之翼三号，迅速前往作案现场。到了地方，我们发现毁灭小队正在那里大肆破坏。

毁灭小队是一个由几名第二等级恶棍组成的团伙，而我已经有一段时间没参加过行动了，于是我相信，我能够让大家好好看看我的身手。

自由之翼三号刚一落地，我就跳了下去。按照我的设想，我将利用自己的能力，消除毁灭小队的奇迹能力，立刻结束战斗。没错，这就是我的计划。

当我大步走到那群暴徒面前时，他们都很惊讶。我理解他们。在他们眼里，我只是一个十二岁的小不点儿。不过妈妈总是说，不能只凭一本书的封面判断里面的内容。

于是，在他们结束对我的嘲笑后，我出手了。我拼尽全部的力量，以不成功便成仁的气势将我的奇迹控制能量向那些暴徒释放出去。但他们只是耸耸肩——直到他们打算使用超能力的时候。

你真应该看看他们那时的表情。当他们发现自己变成了普通人，脸上的变化真是精彩极了！一切都易如反掌，我的超级英雄任务完成了。

但我的爸爸，自由力量的正义队长，也无法使用他的超级体能了。

我的妈妈，洞察女士，也没有了精神力量。

自由力量的其他成员全都一样，我的姐姐——荣耀少女格蕾丝、技术霸主、哑剧大师、蓝闪电和阿飘，全都失去了超能力。

我想，这说明我的能力太强了！

毁灭小队发现自由力量的成员全都无所作为的时候，情况就开始变得糟糕。

真的很糟糕。

"抓住那个小孩儿！"一个恶棍喊道。

他们冲向我，把我当成人质，差一点就带我乘坐自由之翼三号逃走了！幸亏还有暗影鹰，他是自由力量之中唯一没有天生奇迹能力的人。他凭着高超的格斗技巧救下了我，否则我现在可能已经被埋在土里了。

我承认，情况很不理想，而且还在进一步恶化。

“抱歉，艾略特，”爸爸说，“你被停职了。”

“停职？你是说，我不再是团队的一员了？”

“是的，”爸爸回答，“就是这样。”

爸爸告诉我，除非我能更好地控制自身的能力，否则我就只能坐冷板凳。

你、在、耍、我、吗！

不管怎样，现在我离队了。至少在我能够证明自己的价值前，我是回不去的。

这也是我落到今天这步田地的原因。

猎杀我的那个人外号是“蜂鸣杀手”，他是一个半机械人，拥有第二等级的超级体能，还仇视整个世界。消除他的奇迹能力并不难，但就算他没有了超级体能，也能够从那一半机械身体中变出各种各样莫名其妙的武器，不断向我发动攻击。

非常不幸的是，我的奇迹能力对那些人人都能使用的犯罪工具毫无作用。飞刀、十字镖、枪械、激光、棒球，都能要我的命，而现在我要躲避的东西更厉害，是热追踪导弹！

所以，我真的遇到了一点小麻烦。

我快步跑过校园，在遇到的第一条小巷中向右一转。我该怎么对付这个家伙？再磨蹭下去，他就要把我干掉了！我回头看了一眼，却没有看到蜂鸣杀手。

就在这时，我被打翻的垃圾桶绊倒，以狗啃泥的姿势撞到了一堵砖墙上。

片刻间，我的眼前一片昏黑，随后我才意识到自己仰面朝天躺在了一堆垃圾袋上。我的鼻子传来一阵阵刺痛，一股温热的液体一直流到我的上嘴唇。我下意识地抹了一把。好吧，是血。

太棒了！

看来我是实实在在地跑进了死胡同。什么样的超级英雄会干出这种事来？

我努力想要爬起来，但我的身体却不太听话。就在我抖掉身上的蜘蛛网时，忽然，我察觉到周围变暗了。我抬起头，看见蜂鸣杀手正站在我身边，挡住了月光。

"你好，小负鼠。"他的声音非常低沉，是用机器合成的。一颗机械眼珠在眼窝中闪烁红光，就像发现了目标的金属探测器。

"我们能谈谈吗？"我问他。

蜂鸣杀手伸出左臂，机械手指缩回手腕的凹槽里，取而代之的是一把飞速旋转的大型电锯。

"当然，零点超人。我们是不是应该一小块儿一小块儿地分析你的情况？"

呃，听起来不太妙。

蜂鸣杀手加大了电锯的转速，向我挥出左臂。

我总算及时滚到了一旁。我身后的砖块被他像热刀子切黄油一样切开了。我还算有点运气！不过蜂鸣杀手显然不肯罢休，他的手臂又挥了过来。我跳起身，想要找路逃走，却被他挡住了唯一的出口！

我背靠在墙上，就像一只被困住的野兽。我的肩膀依然痛得厉害，鼻子像水龙头一样在流血。

蜂鸣杀手那半张人类的脸上露出一丝险恶的微笑。"游戏结束了。"他一边说，一边把电锯油门开到了最大。

我的心脏怦怦狂跳，脑子里塞满了"为什么"：**为什么**我没有爸爸那样的超级体能，不能轻松地把这个家伙打倒？**为什么**我不能像妈妈那样使用精神力量，让这个家伙跪在我面前？**为什么**我不能像格蕾丝那样飞到天上去？**为什么**我……这么菜？

蜂鸣杀手向前迈出一步，捏住我的脖子，把我按在了墙上！

他的力气那么大，我都不能呼吸了！我想让这场噩梦结束，但我连一个字都说不出来……

他的电锯转得飞快，连锯齿都看不清了。他扬起左臂，准备给我致命一击。

我闭上了眼睛。

这里一定会变得一团乱。

"把比萨刀放下，蜂鸣杀手！"一个熟悉的声音响起，"那孩子是我的！"

我睁开眼睛，发现一只戴着黑手套的纤细的手抓住了蜂鸣杀手的机械手腕。然后，我看到妈妈一拳打在这个恶棍的下巴上，把他打飞了。

　　"小东西，结束程序！"妈妈揉搓着指节喊道。

　　"训练模块结束，洞察女士。"小东西温暖的机械声音随之响起。

　　蜂鸣杀手和小巷子消失了，只剩下妈妈和我站在一片洁白的格斗室里。

　　看到妈妈的表情，我突然很希望蜂鸣杀手能完成他的任务。

　　"艾略特·哈克尼斯！"妈妈对我高声说道，"你在这里干什么？你应该在睡觉的！"

　　我努力躲避妈妈犀利的目光，但我知道，不管怎样做，我都躲不开她那超级英雄的眼睛——这可能是每一位母亲都拥有的力量。最后，我只能对她实话实说。很不幸，我没有免罪卡。

　　"抱歉，"我有气无力地说道，"我只是想多进行一些练习。"

　　"我明白。"妈妈说，"那么，下一次让小东西给你设置一个容易点的训练模块。如果我没有来找你，天知道你会遇到什么事。"

　　小东西，是我们对全域智能仿真模型运算系统（Global

Intelligence Simulation Model Operator，简称 GISMO）的昵称。它负责管理格斗室的功能运作。自由力量的成员都会在这里磨砺自己的技艺。格斗室能创造出任何能够想象到的仿真战斗环境，包括刚刚我差一点被蜂鸣杀手切成碎块的场景。

"好主意，妈妈。"我语带嘲讽地说，"你一定很清楚，只要我请那些真正的恶棍手下留情，他们就会放过我。如果我不能在一个严格的训练模块中战胜对手，那我怎么可能赢得真正的战斗？我又该怎样回到团队？"

"艾略特，"妈妈伸手按住我的肩膀，"你要给自己一点时间，让自己的能力逐步发展。你的梦想会实现的。"

"是的，"我说，"比如说，我八十岁的时候。"

"哦，艾略特。"妈妈叹了口气。

就在这时，我们头顶上方传来一阵刺耳的声音。

"自由力量前往任务室！"技术霸主尖厉的嗓音从对讲系统中传出来，"自由力量前往任务室！"

妈妈和我立刻跑出格斗室，冲向东翼的楼梯。

哦，也许我应该提一句，我们住在一颗环绕着地球的人造卫星上。这也是自由力量的总部，我们管它叫原点。从这里看地球，景色真是美极了。不过，如果你一个人被留在这个地方，那也是孤单极了。

我想，这就是我不久之后的处境。

我们来到任务室，发现英雄们都已经聚齐了：爸爸、技术霸主、蓝闪电、哑剧大师、暗影鹰、阿飘，还有我十四岁的姐姐，格蕾丝。

"真不错，你们终于来了。"格蕾丝把双臂抱在胸前，没好气地说道。

"抱歉，我们要处理一个老铁皮罐头。"妈妈冲我眨眨眼，"情况如何？"

技术霸主跳到键盘上，用粉红色的爪子和尾巴飞快地敲击起来："不久前，我们接收到一个呼救信号——不同寻常的呼救信号。来看看。"

大屏幕点亮了，画面中出现了一个肌肉发达、留着胡须的男人。他戴着红色面具，穿着紧身衣，胸前有一个黑色的原子结构图。我立刻就认出了他——在奇迹档案里，他的名字是"原子之怒"。

"自由力量，"他焦急地说道，"你们必须帮帮我们！"

他声音中流露出的恐惧让我脖子后面的汗毛都竖了起来。原子之怒是一名重量级的超级恶棍，拥有第三等级的能量操纵能力，能够发射出爆炸力惊人的原子能量。他绝不是小人物，是什么能把他吓成这个样子？

"他是冲我们来的！"原子之怒瞪圆了双眼，眼珠都从眼眶里凸出来了，"他是冲我们所有人来的！救救我们！求你们！救救……"

视频到此为止。

"好吧，情况看起来不太正常。"格蕾丝说。

"这到底是怎么回事？"蓝闪电在一毫秒内吞下了四根能量棒，"他不是八恶人之一吗？他说的'我们所有人'，指的是他们八个吗？"

技术霸主抽了抽鼻子："很不幸，我们无法确定。这就是我们接收到的全部信号。奇迹超脑精准确定了原子之怒能量信号最后出现的地点，我也对八恶人中其余的人进行了定位。我觉得我们应该去调查一下。"

"等等！"格蕾丝说，"你想要我们去帮助这些恶棍？我们为什么要关心他们的自相残杀？我是说，这难道不是一件好事吗？"

"我们是英雄。"爸爸说，"我们发过誓要救助那些需要我们的人，无论他们是不是恶棍。"

我瞥了一眼阿飘，阿飘的脸上露出了微笑。

"如果这是陷阱呢？"暗影鹰问。

"我也想过这个问题，"爸爸说，"但我不认为原子之怒有这么好的演技。不管怎样，无论这是一个陷阱，还是真的有那么强大的人，能够干掉包括原子之怒在内的八恶人，我们最好全队行动。"

"说得好，爸爸。"我说道，"我要坐副驾驶座！"

爸爸伸手按住我的肩膀——又来了。

"抱歉，艾略特。"他说，"你还在停职中。"

奇迹档案 // 自由力量

正义队长

奇迹能力：超级体能
奇迹等级：

洞察女士

奇迹能力：精神力量
奇迹等级：

荣耀少女

奇迹能力：飞行
奇迹等级：

暗影鹰

奇迹能力：无

零点超人

奇迹能力：奇迹控制
奇迹等级：

技术霸主

奇迹能力：超级智力
奇迹等级：

蓝闪电

奇迹能力：超级速度
奇迹等级：

哑剧大师

奇迹能力：魔法
奇迹等级：

阿飘

奇迹能力：能量操纵
奇迹等级：

·第二章·

我明白了为什么好奇会害死猫

我知道，我不应该这么做。

但我打赌，如果我能打败一个真正的恶棍，那肯定比任何训练模块都更能说服爸妈让我回到团队。当然，如果我被轰成渣渣，那就一切都完蛋了。

希望后面这种情况不会发生吧。

我用小狗零食作为诱饵，把小影引到餐厅，锁上餐厅门。好吧，它一定气坏了。我一直跑下五层，到了机库，还能听到它的嚎叫。我感觉很糟糕。幸好狗不会说话——至少我能确定，它不会马上就告发我。

我跳进一艘崭新的自由飞梭，驾驶它向地球飞去。自由飞梭是技术霸主最新的发明，它基本上是瘦身版的自由之翼，被设计用来运载最多三个人在原点和地球之间往返。不到一年时间里，就有两艘自由之翼被毁。技术霸主说，它为此已经上了太多愤怒管理课程。如果被毁掉的换成自由飞梭，它应该就没那么心疼。

但在天空中被炸飞显然不在我的计划之中。

所以我一定要小心，不能被敌人发现。

我到达地球的时候，天刚刚亮。自由飞梭完美地降落在一片林间空地上，距离我的目标有几百米。我还要费些力气跑过去，因为我不想让自由飞梭的声音惊动敌人。

我小心地在灌木丛中找路前行。我的超能者制服被棘刺刮了无数下，让我看上去就像刚刚和一群愤怒的豪猪打了十几回合。过了一会儿，我全身的皮肤都开始发痒，这让我很担心刚刚蹭上的棘刺是有毒的。

就在这时，透过树木间的一个小空隙，我看到了那座仓库。

那座建筑相当高大，曾经应该是很漂亮的房子。不过现在，它那米黄色的外墙板大多已经松散脱落，窗户全都封着木板，草地看上去也多年没有打理过了。只有房顶另一侧的一根烟囱在向外冒着黑烟，显示这里并非一片死寂。

有人在房子里。

我没有看到监控摄像头和明显的陷阱，所以我飞快地冲向仓库后门。一到那里，我就紧紧贴在破烂的仓库墙壁上。我的耳边只有我自己的心跳声——天哪，对于一位超级英雄而言，这样的心跳是不是太剧烈了？

好吧，现在我只需要人不知鬼不觉地溜进去。

我抓住门把手，转动手腕，向外一拽。门打开了，伴随着铰链的一阵凄厉的尖叫——那声音就好像我刚刚惊醒了一个国家所有的蝙蝠。

意外的事情也太多了。

现在我知道了，为什么暗影鹰总把润滑油别在腰带上。

我决定暂时不要轻举妄动，以免暴露自己。我等了足足有五分钟，尽量不呼吸。不过，没有人从房子里冲出来杀我。看来海滩是安全的，可以登陆。于是我数到三，然后钻进了屋里。

房间里很黑，简直是伸手不见五指。

我伸手到腰带处，拿出手电筒。幸好我有先见之明，在离开自由飞梭前翻了一下里面的杂物箱。我本来还想多找一点能用得上的工具，不过那里的东西不是很多，大部分都是哑剧大师的番茄酱包。

我打开手电筒，向周围照了一圈。

这座仓库果然非常大。木制板条箱在金属架子上高高摞起。天花板上有一道细长的金属吊槽。布满灰尘的叉车胡乱停在角落里，显然多年未曾开动过。

沿墙壁能看到几扇门，那些门全都关着，看上去没什么特别的，直到手电光落在我右手边最远的一扇门上。

那扇门虚掩着。

就是它了！

我慢慢走过去，小心翼翼地祈祷着不要踢到木板箱，不要掉进大桶里，也不要踩到某个小丑的犄角——我总觉得自己脚前面就有这样一个小丑。

终于走到了那扇门前，我伸长脖子，仔细听了听里面的动静，只听到了一点轻微的嗡嗡声。

这时，我有两个选择——进入那个黑暗可怕的房间，或者回家去面对一条被惹火了的德国牧羊犬。

我已经走了这么远，从逻辑上来说，我应该走到最后，但为什么我的脚抬不起来？

说实话，我完全不知道这扇门后面有些什么。可能只有一些樟脑丸和包装胶带，也可能有史上最疯狂的超级恶棍。当然，如果我是一个真正的超级英雄，我就会走进去，战胜我遇到的所有敌人。但我已经不在自由力量团队里了，不是吗？所以，我想我应该没有义务再向前走一步。

然后，我想到暗影鹰在这样的时刻会怎么做。

然后我又开始觉得奇怪，为什么我会有这么多胡思乱想。

我深吸一口气，走进了那个房间。

一股发霉的味道刺中了我的鼻腔。我注意到这个房间没有窗户，那么它应该比门外的大仓库还要黑。这里还寒冷刺骨，我哆嗦得就像是风中的一片树叶。这个房间的温度一定比外面低三十摄氏度，这是怎么回事？

我用手电筒扫了一遍这个房间：许多板条箱、一堆棕黄色的纸箱、一个空的储物架、一根断了的传送带、一张胡子拉碴的脸、一堆咖啡杯。一……一……

我尖叫一声。

飞行模式启动。我从那个房间蹿了出来，耳朵里的血管噔噔直蹦。我要离开这里，回到原点去！我要……要……

等一下！

我向身后看了一眼，意识到没有人追我。我看到的真的是我想的那样？还是我的意识在逗弄我？

我深吸一口气，重新走进那个房间，将手电筒对准了那张令人惴惴不安的脸。手电光彻底把那张脸照亮——没错，不是幻觉。这是一张有着四方下巴的苍白的面孔，满脸都是胡子。他闭着眼睛，半张脸被面具遮住，但我还是认出了这张脸。

手电光向下，落在他的胸前，原子结构图在光线中闪烁。

是原子之怒！

我用手电筒向周围扫了一下。他直挺挺地站在一个容器里。在这个房间中，他并不孤单！

他的左边还有更多同样的容器，数量还不少！

火恶魔……空气女……骰子预言……外脑……断背女……噩梦……冲锋……

八恶人！

他们全都在这里，全都一动不动！

我朝封锢原子之怒的容器靠近了一步，摸了摸它的表面。这个容器的表面光滑且冰冷，还在微微震动。那种低沉的嗡嗡声就来自这些容器！看上去，八恶人就像被困在了……冰箱里？

我又将手电光照在原子之怒的脸上，注意到他的睫毛和胡子上都挂着一些小冰凌。有人把他们冻住了！那些人让他们陷入某种昏迷状态，就像冬眠一样，仿佛出于某种目的，把他们保存了起来。

我想起原子之怒的求救信号。当时有人来抓他，并最终抓住了八恶人的全部成员！

我一定正站在那些人的秘密巢穴中。

我迅速进行了一番推理，确认眼前的麻烦不是我所能解决的。

我要去找自由力量！

我冲出那个储藏室，但还没等我跑到大门口，我就用余光瞥到了一点异常。

另一扇门打开了。

那扇门之前是关着的。

而且门里的灯亮了。

我的大脑告诉我要继续奔跑，用最快的速度离开这里，跳上自由飞梭，发出求救信号，耐心地等待支援。

但好奇心将我拖向了那扇门。

我关掉手电筒，把它紧紧地攥在手里。这可能是我唯一的武器。我知道自己做这样的事简直愚蠢透顶，但我就是没办法让自己停下来。

我朝那扇门里看了一眼。

那里有一名黑衣大汉，正俯身在一个巨大的火炉旁。我看到沿着墙壁有一些粗大的管子，一直伸出了天花板。外面的黑烟一定是从这里冒出去的！这个男人只是一心照管炉火，不断添上整块的原木，让炉火一直烧下去。

他背对着我，我能够清楚地看到他宽阔的肩膀和壮硕的肌肉。我的理智向我大喊，该是让大脑指挥身体的时候了。我准备悄悄溜走，但就在这时……

他转过了身。

我僵在原地。

和他的身材相比，他的面孔要年轻得多，看上去就像只有十几岁！他的皮肤很白，头发呈淡金色，非常接近白色。他让我有一种奇怪的熟悉感。

"有什么要我帮忙吗？"他问道，同时脸上露出了令人不安的微笑。

"呃，没有。"我回答，"我只是路过。你知不知道走哪条路离开这里最方便？你知道吗？"

"当然，我知道。"那个人的一双蓝眼睛中仿佛映出了红色的火光，"但很不幸，出口封闭了。"

屋门在我身后重重地撞在门框里。

他是怎么做到的？

就在这时，我看到一团黑色的原子云在他的拳头周围闪烁。

我有一种非常不好的预感。

"你是奇迹者。"他说，"让我看看你有什么本事。"

他是怎么知道的？我不认识这个家伙，不过我知道他很危险，可以说是危险至极。

于是，我服从了自己的直觉，把手电筒朝他的头扔过去。但那支手电筒在半空停住了。那人一转手腕，手电筒便以两倍的速度飞了回来。我急忙一低头。手电筒撞穿了我背后的墙壁。

"来啊，"那人又说道，"你肯定还有更厉害的招数。我感觉得出来。"

感觉，嗯？好吧，那就让他感觉一下。

我集中精神，用我全部的消除能量把他覆盖住。

他眼睛里的红光突然消失，两只拳头上的原子云也不见了踪影。

哈，他没力量了。

"是了。"他微笑着扬起头，倒像是很享受的样子，"干得好。你非常强，也许我应该把你加入我的收藏中。你是零点超人，对不对？"

这太疯狂了。他怎么知道我的名字？

"你是谁？"我问他。我的脑子里开始飞快地闪过每一份奇迹档案，却依然毫无头绪。

"哦，你不认识我。不过我认识你。如果我听说过的和读过的关于你的信息是真的，那么你在禁地监狱对付那些外星人的手段真是令人惊叹。"

他向我迈出一步。他的身材非常魁梧，就算没有超能力，他也能把我撕成碎片。

"让我为你解开谜团吧。"他说道，"我的名字是虹吸。我要把这颗行星上的每一个奇迹者都变成我的奴隶。"

"呃，好吧。"我向门口退去，"你为什么想要这么做？"

"可以说，我需要他们。"

需要他们？需要他们干什么？我回忆起被关在那些容器里的八恶人。

虹吸一定是使用了空气女的能量操纵能力，才能让手电筒向我飞回来！在那之前，他用外脑的精神力量关闭了我身后的屋门！他拳头上的原子云一定是原子之怒的！

"等一下。"我说，"你刚才说，你的名字是虹吸。所以，你能像虹吸管一样吸走其他人的能力？"

"没错。我真无法相信我的运气，你竟然就这么走进了我的房间。"

"呃，这算是什么好运？"我紧张地问。

"这对我来说当然是好运，因为就是你夺走了我唯一知道的家人。"

什么？现在我真的糊涂了。他在说什么？

他的眼睛里再次闪耀出红光。红色的能量形成旋涡，一直蔓延到他的头部周围。

但是……这不可能！我已经让他没有力量了！

突然间，我想到了自己曾经在什么地方看过这样的能量。这不可能！

"你……你是……"我结结巴巴地说。

"你明白了。"虹吸说道，"我是奇迹捕手的儿子，而且我比他更强大。"

"奇迹捕手有儿子？"我忍不住问道。

"很难相信，是不是？不过你不认识我，我可一点也不惊讶。我一生都在躲藏，就像他希望的那样。我的父亲总是说，我们和其他人都不一样。我们的样子不像其他人，也不像其他人那样会衰老。我们和这个世界格格不入。我们不能信任英雄，也不能信任恶棍。只有我们两个对抗这个世界。有一天，他失踪了。我没有母亲，只能挣扎着自己活下去。不过我学会了如何使用自己的力量，得到我需要的一切。我活下来了。"

他的眼睛里流露出悲伤，似乎他从没有将自己的故事告诉过别人。

我无法想象没有家人，一个人长大是什么样子。我的家人经常让我很烦，但如果没有了他们……

"当我听说他终于回来了，"虹吸继续说道，"我根本就无法相信会有这样的好事情。能够和爸爸重新在一起，我真是太兴奋了。但就在那时……你杀了他。我发誓，我不会继续躲藏在影子里了。"

我看到他脖子上的血管高高凸起。

"听着，我真的很难过。"我说道，"我不知道他是你的父亲。不过我向你发誓，那不是我干的。我没有杀死你的父亲。是光灵——那些在禁地的外星人干的。他们杀死了你的父亲。"

"那么，我就要让所有奇迹者都知道，挣扎求生是什么样子，卑躬屈膝地乞求施舍是什么样子——尤其是你！"

"我刚才是不是听到晚餐的铃声了？"我打着马虎眼，"抱歉，我要走了。"

我转身向屋门跑去，但一个巨大的恶魔突然出现在我面前！我急忙向后退，不过很快我就意识到，那只是一个幻象——他使用了噩梦的魔法！我抓住门把手，门把手立刻变得像烧红了的炭一样烫，我只能松开手——他使用了火恶魔的能力！

我转过身，面对虹吸。他举起双拳，原子之怒的力量在他的拳头上盘旋得越来越快。他要把我蒸发掉了！

"听着！"我一边挥舞双臂一边喊，"那不是我干的！我不在乎你有多邪恶,任何小孩子都不应该像你这样受苦！"

虹吸犹豫片刻，死死地盯着我。

就在这时，他的身体被一种怪异的橙色能量包裹住了。

"嘿！"他高喊一声。

那股能量彻底吞没了他。

他被举起，离开了地面。

"你在干什么？"他喊道，"把我放下，放开我！"

但我什么都没做。

我不知道出了什么事。

"放、开、我……"

然后，他就凭空消失了。

奇迹档案

虹吸

姓名：虹吸	身高：1.96 米
种群：人类	体重：476 千克
身份 / 状态：恶棍 / 不活跃	眼睛 / 头发：蓝色 / 淡金色

奇迹等级三 / 奇迹控制	能力评分	
极限能力复制	战斗力 100	
警告：尚不知虹吸是否能像他的 父亲那样达到第四等级	耐受力 100	领导力 40
	策略 80	意志力 90

· 第三章 ·

我确定了，
人生并不公平

有时候，做了正确的事情也得不到奖励。

我可以装作仓库里的事情根本没有发生过，驾驶自由飞梭回到机库，给它加满油，把它擦干净。我可以把八恶人留在这里，让他们继续当人形冰棍。我可以对虹吸的事情闭口不谈，再也不提起他奴役全部超能者的计划。我可以把这件该死的事情彻底忘掉。

但我做不到。

我觉得，如果我想成为一名超级英雄，那我就要像超级英雄那样行动。所以，我呼叫了自由力量，把这一切都告诉了他们。

然后我爸妈让我禁足一个月。

正义到底在哪里？

妈妈说我冲动、鲁莽，而且执拗。

执拗？你能相信吗？我甚至不知道"执拗"这个词是什么意思！

不管怎样，在我生闷气的时候，自由力量清理了仓库的烂摊子。

既然八恶人已经被冻住了，技术霸主很方便地就将封锢他们的冷冻容器运到了超能者联邦最高监狱——禁地。它说它会为这些人建造新的牢房。

也就是说，我一下子抓住了八个超级恶棍。可是，有人对我说一句"艾略特，干得好"吗？没有。有人拍拍我的后背，给我颁发一枚荣誉奖章吗？没有。

我反而受了罚。

最糟糕的是，小影非常生我的气。自从我回到原点之后，它一直都对我冷冰冰的。为了和解，我想和它玩接球游戏，但它完全没有兴趣。直到它对我手中的小狗零食也不屑一顾的时候，我才知道问题有多严重。

不过它迟早会消气的。

希望如此。

如今，每个人都不喜欢我了，而我也在生他们的气。我只想回我的房间去，把门关上。但现在是周日晚餐时间，谁都不能缺席。

真是享受。

如果团队不需要去制止罪犯，我们每个星期天晚上都会聚餐。在格蕾丝和我出生前，爸爸就建立了这个传统。他说这是团队建设。但根据我为了准备这顿饭所用的小时数判断，我可以说他违反了童工法。

在准备晚餐的时候，餐厅就变成了一个全力开动的马戏团舞台。妈妈和哑剧大师负责烹饪，会有很多锅碗瓢盆带着食物在妈妈的心灵遥控和哑剧大师的魔法操纵之下来回乱飞。蓝闪电摆桌子，眨眼间就能在桌子和案台之间跑个来回。阿飘制作甜点，他总是能让不知道来自何处的异国食材出现在餐厅里。爸爸则拿着簸箕和扫帚负责监督，不断强调厨房安全问题。如果谁需要帮忙，格蕾丝和我就会跑过去。而可怜的暗影鹰必须担负起最繁重的工作——他要在晚餐准备好之前挡住技术霸主，不让它把爪子伸进厨房里。

我们要在厨房和餐厅做这么多事，所以难免有人会被一部分晚餐砸中。今晚就轮到我了。在我将一把意大利面从衬衫上拨掉后，我们终于就座了。

就在这时，格蕾丝忽然摸起了老虎屁股。

"亲爱的弟弟，"她用最甜美的嗓音说，"你能不能把蒜蓉面包递给我？如果你在你的冒险之后还有力气的话。"

我瞪着她，就像狮子瞪着羚羊。"当然，亲爱的姐姐。"我把面包篮推到她手边，"这完全没问题。"

"还有一件事我不明白。"她一边嚼着面包一边说，"你是怎么只凭自己的力量就打败那个恶棍的？毕竟他那么强大，一个人就制伏了八恶人。"

"我已经告诉过你们了，"我用叉子搅着意大利面，"我没有打败他，他被传送走了。相信我，如果当时他还在那里，一定会把我踩得粉碎。毕竟，他是奇迹捕手的儿子。"

我突然听到不止一把叉子撞在盘子上的声音。我抬起头，看到大家都不吃了。

他们全都在看着我。

"我没有提起过这件事吗？"

"你说什么？他是奇迹捕手的儿子？"妈妈问。

"呃，他告诉我，奇迹捕手是他的父亲。而且他看上去很像奇迹捕手，只是年轻了许多。"

"为什么你之前没有说这件事？"爸爸严厉地问。

哦，不。

"我……我以为我说了。我的意思是，当时发生了那么多事，我以为我跟谁提过这件事。我是说，我也许告诉过你们中的一个，对吧？"

但大家只是神情刻板地盯着我。

哦，天哪。

"呃呃，抱歉。"

"呃呃？"妈妈重复着我发出的声音，"抱歉？你不仅冲动、鲁莽，而且执拗……"

又是这个词。

"……你还忘了报告最重要的信息——他是奇迹捕手的儿子！艾略特，奇迹捕手是我们对付过的最强的超能者。你到底在想什么？"

"我……我不知道。我想，在你宣布我被禁足的时候，我把这件事给忘了。"

"是的，"格蕾丝说，"连同你的脑子一起，不知道被你忘在什么地方了。"

"闭嘴！"我喊道。

"应该闭嘴的是你！"格蕾丝毫不示弱地发起反击。

"够了！"妈妈说，"你们两个都闭嘴！"

暗影鹰站起身："我认为我们应该回到那座仓库，再进行一次调查。也许我们在那里错过了一些线索。"

大家都站了起来，显然所有人都同意暗影鹰的建议。格蕾丝给了我一个狡猾的微笑。很快，餐桌边又只剩下了我一个。只有妈妈多陪了我一会儿。

她看着我："艾略特，为什么你不把餐桌收拾干净，回你的房间去？我们回来后再谈一谈。"

"太棒了，"我说道，"几个小时前我就想回我的房间去了。"

"别耍花招。"妈妈在离开前又补了一句。

我把双手高高举起。好吧，原来我是花招队长。

我把一切都收拾好，拿起装蒜蓉面包的篮子，向我的房间走去。

拜托！就算我犯了点小错，也根本是无心的！

没有人不会犯错。我的确在很短的一段时间里犯了一大堆错误，但我还是小孩子，小孩子就应该犯错！

我在走廊中停下脚步，仔细地听，看看有没有毛茸茸的脚掌发出的脚步声，但我什么都没听到。我猜，小影也不会来找我了。

好吧，我还是一个人好了。再说，小影很喜欢霸占整张床。

我用力把屋门摔上，往床上一倒，眼睛盯着天花板。

让我禁足一个月，我一定会变成神经病。也许我可以做一个自己的全息图或者纸模型，那样我就能出去，生活在真实的世界里，而我的分身则留在这里代替我受罚。这不是很好吗？

这主意真是太棒了。

轰！

整个房间突然向右边一歪，把我从床上甩了下去。所有没固定住的东西都滚到了地板上。然后，房间恢复了平稳。

出什么事了……

"原点破裂！"奇迹超脑开始没命地喊起来，"重复，原点破裂！自动应急系统启动！重复，自动应急系统启动！"

我从地上跳起来。呃，刚才奇迹超脑喊的是"原点破裂"吗？这只可能意味着一件事——原点被入侵了！

这怎么可能？我们距离地球有好几百公里，谁能跑到原点上来？

我向舷窗冲过去。透过窗口，我能看到机库那边。一看到窗外的景象，我就急忙揉揉眼睛，又仔细看了一眼——在机库末端挂着一艘我从没见过的飞船！

这艘飞船通体银白，船体呈流线型，中心凸起一个狭长的塔状结构。沿船身两侧能看到薄薄的鳍翼，船尾有很大的喷气引擎，看上去动力强劲。

这艘飞船是怎么避开原点的各种探测器，神不知鬼不觉地钻进来的？这几乎是不可能的事！

但现在不是追查这种事情的时候。

已经有人进入原点了！

我需要好好想一想。或者我可以留在这里，等待敌人发动攻击，或者我可以驾驶自由飞梭离开这里。

还有小影！我必须找到它！

我把衣柜翻得底朝天，找出球棒，跑进了走廊。

我立刻就遇到了麻烦。

原点的居住区出入口被一道厚重的钢制舱门封住了。这一定是奇迹超脑执行的紧急防护措施之一。但我被困在了这里，就像是一个鸭子靶标，只能等待别人的枪口瞄准我。我不能让这样的事情发生！

幸好我有解决这个问题的钥匙。

"覆盖原命令序列 ZY78840C。"我喊道。

钢制舱门收回到天花板里。幸好我仔细看过技术霸主的全部手册。我必须先找到那条笨狗，然后离开这里。

如果我是一条隐形狗，此时此刻我会藏在哪里？当然！

我冲上西区的楼梯，跑向最符合逻辑的隐身狗藏身之地——餐厅。

一进餐厅，我就看到了完全出乎意料的一幕。

餐桌尽头摆着我们吃剩的意大利面，一只黑猩猩正在那里大快朵颐。我能看到它那被黑色长毛覆盖的双颊鼓鼓的，一定是塞满了面条！

我们的目光对在一起，而它还在大口吃着面条，脸上甚至没什么表情。

太过分了！

不知是谁入侵了原点，他的宠物看来只对袭击我的冰箱有兴趣，完全没有把小影当作目标。我不知道这只黑猩猩是属于谁的，但那人一定就在这里的某个地方。我将整个餐厅扫视了一遍，却没看到其他人。

说到小影，我也没有看见它。我要先找到这个傻毛团才能离开，不能让它被敌人捉住，否则它的下场可能会非常糟糕。

我正要出去，突然……

"抱歉。"一个沙哑的声音从我身后传来。

我转过身，举起球棒，定睛向四下看去，但还是没看到一个人影。这里只有我和那只黑猩猩。

"我说，抱歉。"那个声音再次响起。

"谁在那里？"我喊道，"出来！"

"你瞎了吗？"还是那个声音。我用余光看到那只黑猩猩向我挥动着一条毛茸茸的长手臂。

不会吧！

"哈，你终于看见我了。"黑猩猩说道，"我还真有点担心你是位盲人。"

它用那双褐色的大眼睛注视着我，我也端详着它。

"是你在说话？"我问，"你是谁？"

黑猩猩拈起一根长长的面条，把它吸进嘴里："啊，这个真好吃。我已经很久很久没吃过我们世界的食物了。你不会恰好还有塔巴斯科辣酱吧？我可喜欢塔巴斯科辣酱了。"

"呃，我没有。"我回答了它，"听着，我现在没时间说辣酱的事。"

"哦，你是没时间。"黑猩猩说，"我认为你的地盘遭到了入侵，对吧？"

"我再问你一遍，"我挥了一下球棒，"你是谁？"

"好吧，"黑猩猩说，"他们管我叫狮子。也许你现在可以回答我的一个问题了。你是艾略特·哈克尼斯吗？"

听到我的名字从一只黑猩猩的嘴里冒出来，我愣了一秒钟。

"呃，是的。"我回答。

"湮灭球的主人？"狮子又问。

湮灭球的主人？这只黑猩猩怎么会知道湮灭球？

"我……我想是吧。"

"太棒了。"狮子说。

我突然听到噗的一声响。一阵针刺般的痛感从我的左腿传来，而狮子面前的桌子下方冒出了一小股青烟。

我低下头，看见一支飞镖扎在我的腿上！

我又抬头去看狮子，它正忙着吸溜又一根面条。

周围的一切都变暗了。

奇迹档案 ///八恶人

骰子预言
奇迹能力：超级智力
奇迹等级：

噩梦
奇迹能力：魔法
奇迹等级：

外脑
奇迹能力：精神力量
奇迹等级：

原子之怒
奇迹能力：能量操纵
奇迹等级：

空气女
奇迹能力：能量操纵
奇迹等级：

冲锋
奇迹能力：超级速度
奇迹等级：

断背女
奇迹能力：超级体能
奇迹等级：

火恶魔
奇迹能力：变身
奇迹等级：

·第四章·

我认为，
我被外星人绑架了

"我们应该杀了他。"这是一个女孩的声音。

这听起来不像是可爱的邻家女孩，而且我怀疑她是在说我！我几秒钟前刚刚恢复意识，不知道身在何处，也不知道发生了什么。

那黑猩猩射中我的飞镖上一定涂了非常厉害的药剂，现在我的眼皮就像被强力胶粘住了一样，根本睁不开。幸好我的耳朵还算有用。所以，我认为目前最佳的策略是扮演一具尸体，好好收集情报。

实际上，就算我想做些什么，也丝毫动弹不得。我正面朝天躺在一张冰冷的台子上，手腕和脚踝都被紧紧锁住。我听到右手边传来一阵脚步声，然后……

"杀死湮灭球的主人？"一个沙哑的声音响起，"双子，你真是疯了。"我认识这个声音，是那只射了我一飞镖的黑猩猩……狮子。

"我没有疯。"这个双子回应道，"我很实际。**这个宇宙里的所有人**都在找他，这意味着这个宇宙里的所有人现在都在找我们。"

呃，"这个宇宙里的所有人"是什么意思？

"只要遭到一次攻击，我们就死定了。"这是另一个声音，也属于女性，不过更深沉。

"我们用不着承受攻击，金牛。"又是一个新的声音，听起来是一个充满自信的男子，"别忘了，我们是在幽灵船上。没有人能追踪到我们。"

"说得对，蝎子。"金牛说道，"等你全身的分子分散到整个银河系的时候，你尽可以把这件事告诉所有人。而且，看看他——这么瘦小无力。我觉得我们一定是绑错了人。"

浑蛋！我不单被绑票了，还被侮辱了！

"我们需要答案。"蝎子说，"他什么时候能醒过来？"

"我给他打一针兴奋剂，"狮子说，"那能让他立刻坐起来。"

等等！什么？"别着急，好奇的乔治！"我喊道，"我醒了！不要再扎我了！"（译者注：《好奇的乔治》是一部喜剧动画电影，讲述了充满好奇心的小猴子乔治离开丛林来到人类世界，进行一连串新奇冒险的故事。）

我用全部力气强迫自己把眼睛睁开。一开始的几秒钟内，我眼前的一切都是模糊的。然后我的视野开始变得清晰。让我感到惊讶的是，我面前站着一群……十几岁的孩子？

十几岁的外星人——年龄和我差不多。

他们都万分警惕地盯着我，就好像我会突然挣脱这些锁扣，偷走他们的午餐钱。

如果他们知道……

我打量着这些绑架我的人。

站在最前面的是一个很漂亮的女孩，她有着绿色的皮肤和橙色的眼睛，一头黑色长发中伸出两根触角。她的紧身衣分成左右两半——一半是蓝色，另一半是红色。她的腰带上有一枚徽章，上面的符号很像是数学课上的 π。从她气恼的表情来看，她应该是双子。

站在双子身后的是我见过的最高大的少女。她的圆脸蛋上布满了怪异的蓝色斑纹，头发梳到脑后，缩成了一个发髻。她的肩膀处是一副铠甲，下面没有袖子，裸露的双臂显示出清晰的肌肉线条，两只手仿佛想要握住腰间的两把长剑——手指一直在微微抽动。能看到她的肩甲上有一种符号，有些像是头上有尖角的野兽——那些角看上去很有暴力色彩。我猜她是金牛。

我的另一边站着一个红皮肤的家伙，他身上不同部位插着一些电缆，正透过一副蓝色护目镜看着我。他的肌肉看上去很结实，但还不至于吓到我。真正让我担心的是他身后的大尾巴，那条大尾巴正不停地来回摆动着，充满了威胁的意味。他一定就是蝎子。

而我的"老朋友"狮子就蹲在他前面，手中真的举着一支粗大的注射器，针头还对准了我的腿。我还能看到一根意大利面挂在它下巴的毛上。真好。

"呃，"我开了口，"这很有趣，但如果你们不介意，我有点累了。不如你们顺路去我家一趟，把我放下？"

"抱歉，"狮子说，"你哪里都不能去。"

"胡扯够了。"蝎子说，"告诉我们，湮灭球在哪里？"

那只黑猩猩没说谎，他们的目标真的是湮灭球。

好吧，那么我现在该怎么办？如果我告诉他们，湮灭球连同一艘光灵战舰被我给炸了，他们也许会立刻杀了我。而如果我编一个故事，说湮灭球藏起来了，或者丢失了，也许他们还能让我多活一会儿——但也许他们还是会立刻杀了我。决定，赶快做决定。

他们都紧紧盯着我，等待我说话。我忽然意识到，我有他们想要的东西，也许实际上是我占据了主动位置？

我应该大胆一些。

"我为什么要告诉你们？"

金牛抓住一根固定在墙上的金属杠，把它一撅为两段。

"嘿！"狮子喊道，"不要破坏我的医疗舱！"

"好吧，我明白你的意思。"我告诉金牛，"但我被这样锁住的时候，真的没办法好好想问题。血液都从我的脑子里流走了。我觉得我的脚还在睡觉。"

我看到众人的目光都转向了蝎子。

现在我知道谁是他们的首领了。

"把他解开。"蝎子说。

"什么？"双子问他，"你疯了吗？"

"蝎子，你要不要——"金牛也说道。

"我说了，把他解开。"蝎子以不容置疑的口吻重复了一遍。

狮子跳到我躺的台子上，解开了我的手和脚。

"谢谢。"我揉搓着酸痛的手腕，"现在我们应该再来些……"

突然，蝎子的尾巴杵到我面前只有几寸远的地方，看上去就像是一根装了弹簧的红色攻城槌。很快，那条尾巴的尖端渐渐变成了明亮的橙色，开始辐射热量。我觉得自己的皮肤都要被烤化了！

"我们应该可以达成和解。"他说道，"我们需要你的一样东西——湮灭球，而你也需要我们给你一样东西——你的命。所以，你得到你想要的，同时必须交出我们想要的。我说得够清楚吗？"

从他的尾巴上散发出来的热量太强了，汗水不停地从我的脸上冒出来。

他的能力令人惊叹，但我也有我的能力。

"我认真听了你说的话。"我说道，"但我认为，我们应该以平等的方式进行交流。"

我集中精神，让我的消除能量涌向他。希望我能成功！几秒钟后，他的尾巴变暗了。

蝎子看上去非常吃惊。

"天蝎！"金牛向我逼近。

"等等，金牛。"双子说，"他使用了超能力。"

这时我才突然注意到他们的名字。天蝎？金牛？双子？

"等等，"我喊道，"你们的名字是不是……黄道十二宫？那么你们不是应该有十二个吗？"

"我们的确曾经有十二个。"双子伤心地说。

是啊，他们现在只有四个。我看向狮子："嘿，它不应该是一头狮子吗？你们都知道它是黑猩猩，对吧？"

狮子挥起一只拳头。

"不要，狮子！"双子喊道。

"那么，你们其余的人去了哪里？"我问道。

"双鱼和人马正在驾驶这艘飞船。"双子回答，"白羊……失踪了，其余的人都死了。"

他们全都低下了头，房间里片刻间变得宁静。

"好吧，发生这样的事，我也很难过。"我说道，"我很愿意帮助你们，只要我不继续做你们的囚犯。不过我真的想不出我能做些什么，湮灭球对你们又有什么用。"

双子看着天蝎，后者点了点头。

"我们是黄道十二宫。"她开了口，"我们是幸存者，也是正义的战士。我们来自不同的世界，团结在一起，为了消灭摧毁我们世界的敌人。"

"摧毁世界？"这个说法把我吓呆了一分钟，"你……你的意思是，你们的世界……被摧毁了？"

"是的，湮灭球的主人，"双子说，"而且不止一个世界。我的行星被称作'佳隆'。它非常美丽，有着亮紫色的天空和波涛翻滚的海洋。到了晚上，它的几个月亮就会照亮大地上的七个王国，还有在那些国家中和平生活的人。但现在……现在一切都没有了。那时我正在太空中进行科学考察，如果不是这样，我也会连同我的星球一起灰飞烟灭。"

"我也是。"金牛说，"我来自北河三——一颗遍布山脉和森林的行星。那里的气候很恶劣，但那里的人民很坚强。在那个毁灭的日子，我正在进行轨道巡逻。那一天本来是我们的节日，但欢乐的庆典再也没有人能看到了。"

我看向天蝎。他紧闭着双唇，但我能透过他的护目镜看到他的痛楚。

"你呢？"我问狮子，"你不是说你是地球的居民吗？"

"原来是，"狮子重重地呼了一口气，"也许你很难相信，但——"

轰隆！

飞船突然彻底翻转过来，我们全都摔到了天花板上。然后飞船又一下子翻回来，把我们摔在地板上。狮子躺在我身上，尾巴正好插进我的嘴里。

我把它推开，吐出一嘴毛，然后问："出什么事了？"

我突然听到一阵响亮又清脆的脚步声，好像有一匹高头大马在飞船里奔跑。转眼间，一个留胡子的人出现在门口。一开始我以为那是一个成年男人，但我很快就意识到他还只是个孩子，只是肌肉异常发达。而他的下半身有六条野兽一样的腿！他用一双翠绿色的眼睛盯着我。

"人马！"天蝎喊道，"出什么事了？"

"我们遭遇了震荡冲击！那应该只是一个警告。"人马说，"攻击我们的是一艘战舰。他们说，如果我们不马上对接过去，他们就会摧毁我们。"

"不可能！"天蝎喊道，"幽灵船是不可能被追踪到的！"

"我早就说过有这个可能。"金牛说，"我们现在该怎么办？"

"距离这里最近的可降落星球在哪里？"天蝎问。

"我们下面就有一颗小卫星。"人马说，"但我们跑不过那艘战舰。"

"喂！"我慌乱地喊道，"等一下！如果光灵发现我在这艘飞船上，他们一定会杀了我！"

"哦，他们不是光灵。"人马说，"他们比光灵要可怕得多得多。"

奇迹档案

狮子

▢ 姓名：阿尔法 1 号	▢ 身高：1.07 米
▢ 种群：黑猩猩	▢ 体重：47.6 千克
▢ 身份 / 状态：英雄 / 活跃	▢ 眼睛 / 毛：褐色 / 黑色

奇迹等级二 / 能量操纵	能力评分	
▢ 强远距离传送	战斗力 40	
▢ 强天然速度	耐受力 24	领导力 70
▢ 强天然敏捷	策略 84	意志力 77

·第五章·

我被困在了
一场拉锯战里

"呃，你说比光灵还要可怕是什么意思？"

我觉得我属于想象力过于丰富的那种人，但我还是想不出有什么能比光灵更可怕。根据我的理解，光灵皇帝为了统治整个宇宙会不择手段——真正地**不择手段**！所以，还有谁能比他更可怕？

"那是一艘厄运星战舰。"双子悄声说道。听她的口气，就好像任何智力超过黑猩猩的人都应该知道如此显而易见的事情。

我们跑到幽灵船的舰桥上。敌人的巨型战舰几乎就顶在我们眼前。一时间，我甚至觉得自己跑进了星球大战的电影里。

这是一艘圆环形的战舰，巨大的舰身从中心点均匀地向上下左右扩展，使中央的那个球形驾驶舱显得很是小巧。在舰身两侧，还有两只长长的翅膀，看上去一定延伸出去许多公里。这艘战舰上的每个部分似乎都被武器所覆盖，而所有这些武器都指向了我们。现在这艘巨大的战舰还在缓缓向前移动，不断向我们逼近，准备把我们轰成宇宙中的粉末。

我希望双子能再给我一点线索，不过她没再说话。可能她觉得近在眼前的厄运星战舰足以解释一切了。"抱歉，"我说，"我刚来这里不久，能不能向我解释一下厄运星到底意味着什么？"

"你真的不知道？"双子反问道，"难道你的星球上没有学校吗？在厄运星，没有政府，没有法律，没有正义。那里唯一的货币就是力量。厄运星的社会分裂成许多派系，每个派系都由一名犯罪大亨统领。而那些犯罪大亨全都在不断地扩张自己的帝国，征服其他星球，奴役上面的人民。在厄运星，你想要什么，绝不能和对方商量，唯一的办法就是强取豪夺。"

我突然觉得，也许小影是从厄运星来的？

"好吧，"我说，"我知道他们不是好人，但他们怎么可能比光灵更可怕？"

双子看着我的眼睛说："如果你被光灵抓住，他们会杀死你。如果你被厄运星人抓住，你会求他们杀死你。我说得够清楚了吗？"

"一清二楚。"我说。

"蝎子！"一个身材娇小的女孩喊道。她穿着一身大红色的衣服，上面布满了鳞片，一头黑色短发形成了许多竖起的尖角。在她的脖子两侧有许多鳃状的小皮瓣，不停地一开一合。根据我刚才听到的介绍，再利用排除法，我知道她一定就是双鱼。

她按下控制台上的几个按钮，同时说道："我们在通信频道 X12 上接收到信号。他们想要和我们通话。"

"打开频道。"天蝎严肃地说。

一个男人突然出现在监控屏幕上。我首先注意到的是他的蓝色皮肤，然后是他的体形。尽管画面中只有他胸口以上的部分，但我从他那粗大的脖子和宽阔的肩膀就能看出来，他绝对是一个巨人。我还注意到了他那双椭圆形的黄眼睛和猫一样的瞳孔——当那双眼睛看到我的时候，细长的瞳孔一下子放大了。

他的嘴唇略微扭曲，露出令人不安的笑容和锋利的牙齿："真是惊喜啊。我本以为这只是一艘违反星际贸易法的走私船，不过看样子，你们的货物比我想象中贵重得多。"

"你是谁？"天蝎问。

"我的真名对你们没有什么意义。"那人说道，"你们叫我霸王就可以了。"

双子喘了口气。我看到黄道十二宫在相互交换着忧心忡忡的眼神。

天蝎将双臂抱在胸前："是的，我们听说过你。现在你想干什么？"

"本来我只想要你们的飞船。你们这样的飞船我还真没见过多少。但现在，我看中了价值大得多的货物——湮灭球的主人。只不过我还以为他会更……有型一些。"

我觉得以后我遇到的很多人可能都会这样说。

"把他送到我的战舰上，"霸王继续说道，"我就会考虑让你们活下来。你们有一分钟时间做决定。"

通信信号随后就被切断了，屏幕变成一片空白。

所有人都看向了我。

我忽然觉得自己好像是一艘热气球飞艇上的锚。

"你们不会把我交给那家伙吧。"我问他们，"你们会吗？"

双子抬手朝我一指："抓住他！"

还没等我反应过来，金牛已经抓住了我的双臂。我想要挣脱，但她实在太强壮了。

"等等！"狮子说，"我们不能这样做。"

"听那只黑猩猩的！"我恳求道，"它一定有好主意！"

"你听到他的话了。"双子指着身后的屏幕说，"他可是霸王！所有犯罪大亨的老板！在宇宙中非法贩运奴隶的强盗！只是为了找点乐子就会用人去做各种试验的施虐狂！要我说，我们应该赶快丢掉这个讨厌的小孩，否则就来不及了！"

"说我讨厌有点过分了。"我嘟囔着，"也许是有点烦人，但怎么能说讨厌呢？"

"听着，"狮子说，"霸王得到了他的话，也就得到了湮灭球，那我们还是难逃一死。我知道我的话不好听，但这孩子知道湮灭球在哪里。如果我们把他交出去，宇宙也就完了。"

"狮子是对的。"天蝎向前迈出一步，"再说我们还要为我们的世界报仇，那我们就需要勇敢地战斗。"

随后是很长一段时间的寂静。

终于，双子认输了："好吧，我们必须为我们死去的同胞战斗。"

金牛不情愿地放开了我。

双子盯着我说道："你的确知道湮灭球在哪里，对不对？我们都指望你了。"

我看着他们充满希望的眼睛——现在这些超级英雄就像是一群向我讨饭吃的乞丐。这让我感觉很糟糕。尽管对面的敌人无比强大，但他们还是愿意为我而战，甚至可能会为我牺牲生命。可事实是，我并没有他们要找的东西。

湮灭球已经没了，被毁掉了，灰飞烟灭了。

他们在用自己的生命为我冒险，我不能欺骗他们。

"实际上……这个说来话长，我……差不多……嗯。你们可以认为，我……呃……我……"

"怎么了？"双子不耐烦地问，"你怎么了？"

"让那个球和一艘光灵战舰在宇宙的某个地方一起爆炸了。"我飞快地说完了必须说的话。

"什么？"金牛惊呼一声。

"你这个白痴！"双子喊道，"你知不知道你干了什么?!"

"呃，那时这看上去是个好主意。我是说，那时我不再需要那个球了，而且我想确保那些家伙再也不会回来摧毁地球。所以，我让湮灭球自我毁灭了。"

双子向我挥起拳头："我要让你也自我毁灭！"

"等一下！"天蝎问，"你让湮灭球自己爆炸了？"

"请不要说了。"双子用双手抱住了头，"每次他一说话，我就要损失脑细胞。"

"霸王要求通话！"站在舰桥上的双鱼喊道，"我们要做决定了！"

双子看向天蝎，而天蝎看着狮子。那只黑猩猩的表情我完全看不懂。

"把信号接过来。"天蝎说。

霸王出现在屏幕上："那么，你们是选择活着，还是死去？"

天蝎深吸了一口气。

好吧，我终究算是度过了一段有趣的人生。

"我们真诚地向你道歉，霸王。"天蝎说道，"我们决定把他留下。"

什么？真的？

霸王微微一笑："我正希望你们这样说。准备收网。"

突然间，我们的飞船向下一沉。我的脚离开地面，身子重重地撞在天花板上。我下意识地缩成一个球，使自己不被随处乱飞的东西、胡乱挥动的手脚和尖叫的黑猩猩碰伤。

这种感觉就像坐上了一列永远在下坡的过山车，我们被冷酷无情的反重力死死钉在天花板上。星光飞快地从舷窗外划过，但我知道，正在以疯狂速度移动的是我们。霸王一定是用某种控制光线控制了我们的飞船！我们正在被推向那颗卫星的表面。不过霸王要的是活人，我们应该不会发生太严重的……撞击。

我觉得我的骨节咔咔直响！

我们从天花板掉回到地面上。我的头撞到了一个又大又软的东西，原来是人马的屁股。

大家看上去都没事，真是奇迹。我的身上被撞出不止一处淤青，不过总算没有受更重的伤。

"赶快！"天蝎命令道，"启动你们的气流服！"

我看到他们纷纷按下了自己衣服上的星座徽章，他们立刻被包裹在一层透明的薄膜中，这层膜还随着他们的呼吸不停地一起一伏。

随着嘭的一声震响，幽灵船的外舱门被打开了。但我没有气流服！我马上就要憋死了！

一样东西被拍在我的胸膛上。我低头一看，发现双鱼正站在我面前，将一只圆碟按在我的衣服上，然后冲我一笑，戳了一下那只碟子。

我全身都被包裹进一层玻璃纸一样的薄膜里。我觉得自己像是一根被包装好的要放进冰箱的黄瓜，不过至少我还可以呼吸！

"谢谢。"我说道。

"不要死在里面。"她说，"清理幽灵船可是需要很多钱的。"

狮子向我挥了挥它的飞镖枪："留在这里，不要做傻事。"

我决定认真地服从他们的命令。而黄道十二宫这时已经冲出幽灵船，舱门在他们身后重新被关紧了。

外面传来了仿佛第三次世界大战爆发的声音。我看不到他们的情况，只能快速思考一下我能做些什么。

如果霸王赢了，我会成为他的俘虏。根据已知的情报判断，这不会是一件好事情。如果黄道十二宫赢了，我就还是黄道十二宫的俘虏。但他们已经知道我没有湮灭球了，所以现在我对他们而言已经无足轻重了。

我该怎么做？

突然间，我看到那个下半身是马的孩子从舷窗前飞了过去。我急忙跑到舱口，把舱门打开，向外望去。

外面简直是一团乱。

黄道十二宫背靠背站在一起，努力抵抗着几百名厄运星士兵的进攻。我觉得这场战斗马上就要结束了。

但随后发生的事情才真正让我惊呆了。

天蝎的尾巴尖射出一道强烈的能量光束，在敌人的阵形中扫出一条通道。金牛用粗大的双拳猛捶地面，引发的地震让一大片士兵栽倒在地。狮子将自己传送到不同的角落，打倒了一个又一个厄运星士兵。双鱼优雅地飞翔在半空，制造出一个个龙卷风，把数十名士兵吹得不见了踪影。

还有双子……我又看了一眼，才确认那真的是她——我的右边有一个三米多高的红色双子，我的左边有一个三米多高的蓝色双子！

我无法相信自己的眼睛！

黄道十二宫都拥有奇迹能力！

但他们要对抗的厄运星士兵实在太多了。很快，双鱼就被一块大石头压住，天蝎和金牛也遭到了敌人的压制，狮子似乎是被俘了。形势恶化得也太快了！

我应该赶快逃走，应该想办法驾驶幽灵船，拯救自己。我不欠这些人的，是他们绑架了我！

"救命！"双子喊道。

霸王就站在蓝色双子的面前，蓝色双子的两只脚正一点点陷入地面，就好像有一块巨大的铁板正从她的头顶压下！直到这时我才明白，霸王用的根本不是什么控制光线，他是用自己的力量把我们推到了这颗卫星上！他能够操纵引力！

"停下！"红色双子尖叫道。但她被厄运星士兵困住了，根本没办法来救她的分身。

我不能就这样丢下他们逃跑，那不是超级英雄会做的事情。

我从舱门口跳出去，冲向霸王，高声喝令道："放开她！"

但霸王只是用他那双电光闪烁的眼睛盯着我："哈，湮灭球的主人终于出现了。我知道有几个客户会为你付出高额报酬，无论你是死是活。那么，让我们结束这场战斗吧，如何？"

他双眉一扬，蓝色双子的身体又陷下去一截！他要活埋蓝色双子！

"不！"红色双子喊道。

自从在对付毁灭小队时起了反作用之后，我就再没有在这么多超能者面前使用过我的能力了。我不想一不小心消除黄道十二宫的能力，但我还有什么选择？我将注意力全部集中到霸王身上，把我的能量投射了过去。

蓝色双子一下子从地底爬了出来。红蓝分身扑向彼此，在一阵猛烈的能量爆发中融合到一起。完成融合的双子立刻瘫倒在地。我一定把她的能力也消除了！我救了她，但我还是没能控制好自己的能量。

霸王盯着自己的双手："真是令人惊叹，你消除了我的能力，不过你没能把我消除。"

他朝我迈出一步。但突然间，他被一股怪异的橙色能量包裹住了。

不要，别再来一遍了。

"这是什么？"他喊道，"放开我！"

橙色能量将他举到半空。

"怎么回——"

就像虹吸一样，他消失了！

我向周围扫视了一圈，发现厄运星的士兵们全都愣在了原地。

我意识到这是我们的机会——也许是我们唯一的机会。我要把这些士兵都吓住——无论说什么都行！以后会怎么样先不管了！

"放开我的朋友！"我命令道，"我……我是湮灭球的主人！放开他们，否则你们的下场就会和你们的头子一样！"

没有了首领，这些厄运星人面面相觑，不知道是该战斗还是该逃跑。

我恶狠狠地高举起双手："马上！"

他们将刚刚俘虏的黄道十二宫推到我面前。

我伸手一指他们所有人："现在，回到你们的战舰上去，马上！"

厄运星人撤退了，争先恐后地逃回了他们的战舰。

双子还躺在地上，吃力地喘息着："谢谢你，湮灭球的主人。你救了我的命。"

"不用谢。"我说，"你可以叫我零点超人。或者如果愿意，叫我艾略特也行。那个什么球的主人真的不适合我。"

"那是你干的？"双子大睁着眼睛问。

我可以对她撒谎，但我觉得那样不合适。"不是，"我回答，"那不是我干的。但我以前遇到过这种事。这样的事情已经是第二次发生了。"

"我们也遇到过。"天蝎说，"白羊就是这样失踪的。他是我们之中最强的战士。当时他就在我们眼前消失不见了，同样是被那种古怪的能量带走的。"

"好吧，"我说，"这到底是怎么回事？"

天蝎挠了挠头："我不知道，但我猜有人知道。"

双子瞪了天蝎一眼："不，蝎子，他是个疯子。"

"我知道。"天蝎说，"正因如此，他才可能有答案。"

奇迹档案

霸王

姓名：未知	身高：2.06 米
种群：厄运星人	体重：248 千克
身份 / 状态：恶棍 / 活跃	眼睛 / 头发：黄色 / 秃头

奇迹等级三 / 能量操纵	能力评分	
极限引力操纵	战斗力 95	
能够增加质量	耐受力 66	领导力 91
能够减少质量	策略 100	意志力 100

第六章

原来我
这么有名

这真是奇怪的一天！想象一下，你和一群外星人混在一起，于是你觉得自己才是比较古怪的那一个。

远离厄运星战舰的威胁后，天蝎立刻去修理幽灵船了。好消息是，尽管我们被迫在一颗无名卫星上硬着陆，但是飞船还没有损毁到无法修复的程度。坏消息是，我仍然不知道该如何回家。

我看着天蝎从自己身上拔下一根根电缆，直接插在飞船不同的插口上，就好像他正在直接和这艘飞船本身进行交流！我打赌，技术霸主一定很希望自己也能这样做。

天蝎一边工作，一边还能和我聊天。他向我解释了幽灵船为什么能够在传统的雷达面前隐身——因为它能够在"口袋空间"中飞行。那是一种存在于一般空间内部的异维度空间。身处一般空间应该不可能探测到"口袋空间"中的信息。对于这种情形，我能想到的只有小影隐身时的样子。那时想要找到它的踪迹根本不可能。

"我还是搞不清楚，霸王怎么可能会找到我们。"天蝎说，"我们应该是不可能被探测到的。"

"也许是因为狮子。"我提出自己的推测，"你们有没有给那只黑猩猩洗过澡？我无意冒犯，但它的气味实在是——"

"嘿，"天蝎打断了我，"那时你刚好对我使用了你的能量。也许你消除我的能力时，也消除了幽灵船的隐身能力？"

我用怀疑的眼神看着他："这怎么可能？我的能量只对活的东西有用。"

"我不知道。"天蝎说，"但我必须好好想一下这件事。我必须找到答案。"

说到答案，有一个问题一直在困扰着我：黄道十二宫是怎样找到我的？地球上有几十亿人，要找到我肯定就像俗话说的"海底捞针"一样难。

我把心中的疑问向天蝎提出来，但他没有直接回答我，只是让我去问问狮子。然后他就告诉我，飞船要准备出发了。

狮子？为什么是狮子？

我在幽灵船里转了一圈，却到处都找不到狮子，于是我只好坐在座位上，扣上安全带。几分钟之后，我们就起航了。

我开始竭力思考这到底是怎么回事。黄道十二宫想得到湮灭球，好对付摧毁他们世界的敌人。但我对这伙人依然缺乏了解，也不知道他们计划如何使用湮灭球。我想找人谈谈，但每一个人都在忙碌——啊，只有双子除外。

她坐在角落，把头埋在膝盖间。刚才的经历一定让她非常难受。当然，如果不是我，她可能会丢掉自己的半个身体。我想我最有可能从她那里得到一些有用的情报。于是我解开安全带，走了过去。

"嘿。"我坐在她身边。

"嘿。"她说道，"再次感谢你救了我。"

"没什么，"我说，"我相信你一样会救我的。"

她看着我，扬起眉毛。

"好吧，也许不会。听着，我只能实话实说。我不知道这到底是怎么回事，不知道你们为什么要绑架我。我的意思是，我知道你们想要湮灭球，但为什么？你们到底打算怎么做？"

双子看着我，仿佛我有三颗脑袋："怎么回事？我的世界有两百亿人。他们是画家、音乐家或演员等等。他们全都能分成两个个体。你知道听到四百亿人发出的惨叫声是什么感觉吗？就是这么回事。"

"抱歉，我不是这个意思。"我说道，"我只是想知道这是谁干的，是谁杀了你的同胞。"

"灾星。"她的语气中充满了厌恶。

"灾星？谁是灾星？"我问。

"灾星不是谁，它是一个星云状的巨型宇宙生命体。为了维持自身的存在，它需要吞噬一颗颗行星上的生命能量。没有人能阻止它。它在不同的星系间漫游，抹除了一颗又一颗行星。它摧毁了我的世界。总有一天，它也会摧毁你的世界——除非你能阻止它。"

"我？"我惊呼一声，"我怎么能阻止将行星当作早餐的家伙？"

双子盘起腿，坐直身体："你是强大的湮灭球的主人，你不知道吗？"

我揉搓着面颊："随便你怎么说，我现在一个球都没有。"

"那么，我们基本上算是完蛋了。"她说。

"是的，我估计就是这样吧。"

"太棒了。"双子最后说道，"很高兴你加入我们的末日团队。"

那么，这是我的错喽？就好像我应该是宇宙的拯救者一样！但我连自己的能力都控制不了，还会在晚餐后被命令回到自己的房间去。好吧，抱歉，这一切对我来说太荒谬了。

我们一言不发地又坐了几分钟。

"你说，你以前见过橙色能量——"双子又开了口，"那种吞掉霸王的能量？"

"是的，这种事在地球上也发生过一次。"我很高兴能改变一下话题，"被带走的是一个非常强大的恶棍，名叫虹吸。你的队友也被这种能量带走了？"

"是，就在几天前。"双子说，"被带走的是白羊，他也很强大。当时我们正在和一队巴提安士兵作战，那股橙色能量突然出现，白羊一下子就消失了。自那以后，我们就再没有得到过他的消息。"

我的脑子飞快地转动。虹吸和霸王都是大恶棍，如果白羊也和这两人一样强大，那么干这件事的人只可能比他们更强。但那会是谁？我完全不知道。

"那么，那个有答案的疯子又是什么人？"

"观察者。"双子告诉我，"他在永恒的岁月中一直观察着宇宙的演化。"

永恒？

"也就是说，他有……好几百万岁了？"

"上百亿岁了。"双子说，"传说为了换取永生，他发誓不会干涉宇宙中的任何事情。"

"他遇到什么牙仙了，会把长生不老当礼物送给他？"我问，"找他要答案需要排队吗？"

"据说他得到的是全宇宙独一无二的礼物，但那也是他的诅咒。在传说里，他看到了自时间之初以来发生过的所有事情，也因此失去了理智。"

"听起来真不错。"我说，"我已经等不及想要见到他了。"

"但首先必须得到他的允许。"双子说，"已经有很多个世纪不曾有人平安到达过他的世界了。只有他想见我们，我们才能见到他。"

"系好安全带！"双鱼在舰桥上发出命令，"我们即将到达观察者的世界。准备降落。"

我系上安全带，又探头去看舷窗外面。我只能看到一片巨大的小行星带。成百上千各种形状、不同大小的岩石不停地相互碰撞，形成了一道无法穿越的屏障。

现在我明白双子的意思了。如果得不到观察者的允许，没有人能够到达他的世界。

我们逐渐靠近小行星带，但那些石块丝毫没有要让开的意思。

"300米。"双鱼报告。

"稳住。"天蝎冷冷地说道。

"200米。"双鱼再次报告。

金牛紧张地看着我。

"稳住。"天蝎在他的椅子上动了动。

"100米。"双鱼的音量陡然提高。

这些石头可真大！

"我们应该掉头。"人马提出建议。

"保持航向！"天蝎命令道。

"50米。"双鱼加快了语速，"我们不应该……"

"蝎子！"双子喊道，"你疯了吗?!"

"10米！"双鱼高喊。

一颗小行星——它的形状极不规则，上面布满了密密麻麻的小坑——挡住了整个船首舷窗，而且就停在那里，一动也不动！

"保持航向！"天蝎也喊道。

我们要撞上去了！

双子发出尖叫。

我闭上眼睛，抓紧了椅子扶手。

但我们没有被撞成碎片，什么都没有发生。

我睁开眼睛，发现一颗带有星环的红色行星就悬浮在空中。

"出……出什么事了？"我有些结巴地问，"为什么我们没有撞上小行星？"

"因为那是幻象。"天蝎说，"我们可以认为那是一场考试，我们通过了。"

"太好了，谢天谢地。"我从椅子上滑下去，"但如果后面还有考试，我想请病假。"

双子摇了摇头："这是无法退出的。蝎子，你知道我们在哪里能找到他吗？下面可是一整颗行星。"

"知道。"天蝎回答，"依照传说，他在那个巨型陨石坑的西边。我建议从那里找起。"

"好吧。"双鱼答应了，"准备着陆。"

几分钟之后，我们降落在地上。这颗行星从太空中看是红色的，不过降落下来后，我发现这里的土地还带着些许紫色。

"把气流服打开。"天蝎提醒大家，"据我所知，这片土地已经很多个世纪不曾有人踏足了。我们要做好万全的准备。等我们找到观察者，让我和他说话。清楚了吗？"不知为什么，他一直在看着我。

为什么这些外星人认为麻烦都是我造成的？

我们走出幽灵船，来到地面上。

这里的天空是红色的，能看到零星的黑云。一道道细长的白色闪电从我们头顶划过，偶尔还会击中地面，造成猛烈的爆炸。这是一片崎岖不平的大地，高耸的山岩如同利剑刺向天空，旁边就是一道道看不见底的黑色裂隙。我们小心地一路前行。一簇簇有些像植物的橙色物体不时出现在我们身边，在微风中轻轻摇曳。

仿佛过了好几个小时，金牛首先受不了了。她一屁股坐到一块石头上，揉搓着双脚："我们要停一下，我的脚底都起水泡了。"

我坐到她身边，感觉自己的脚也又胀又痛。我看不到一点希望，仿佛我们在这颗星球上只是不停地兜圈子。

人马突然扬起两条腿，朝天空一指："那边！"

我们都抬起头，只见一座高山的顶端有一个白色的东西。没错！但我们该怎样爬上去？

"站到一起，"双鱼说，"尽可能靠紧一点。"

我知道双鱼是能量操纵者，能够控制空气的密度。我们紧紧围绕在她周围，把手握在一起。双鱼开始集中精神，制造出一个空气平台，将我们从地面上托起。我们飘啊飘，一直飘到了那座山的顶上。

坐落在山顶上的是一座巨大的白色建筑，看上去有些像希腊神庙——粗大的大理石柱子围绕出一个方形的空间，正中心有一把巨型椅子，上面坐着一个身材高大、穿着白袍的人。

观察者！

"不要忘了，"天蝎说，"我来说话。"

我们向那个人靠近的时候，我就在心里计算着他有多老。双子说他在时间之初就存在了，已知宇宙有一百多亿年的历史，那他可真是过了不少生日。一个什么都见过的人，该怎么给他准备生日礼物？

我们登上大理石台阶，天蝎走在第一个。

观察者低垂着头，仿佛正在睡觉。他的右手边有一根细长的金色手杖。我仔细看了一下他的秃头，以为能在上面看到一大堆老年斑。不过那上面非常光滑，什么都没有。

走完台阶，我们开始面面相觑，不知道下一步应该做些什么。我们来到这里，是因为天蝎认为，观察者也许知道那些被橙色能量带走的人——尤其是他们的伙伴白羊——都去了哪里。我想，如果一个人看见过所有的事情，那么他一定能解开许多谜团。希望这个人的记性好一点，不会把他见过的东西忘掉。

天蝎清了清嗓子，正要说话……

"让湮灭球的主人过来。"一个浑厚深沉的声音响起。

哦，天哪。

观察者一下子抬起了头，露出一张年轻得令人惊讶的面孔。

但吸引我的不是他的脸。

他的眼睛是纯白色的！

这位观察者是……盲人？

奇迹档案

双子

姓名：斯特瓦娜·杜恩	身高：1.37 米
种群：佳隆星人	体重：46.7 千克
身份 / 状态：英雄 / 活跃	眼睛 / 头发：橙色 / 黑色

奇迹等级二 / 变身超能力	能力评分	
强身体复制能力	战斗力 45	
每一个复制的身体都可以巨大化到三米高	耐受力 21	领导力 72
	策略 75	意志力 89

·第七章·

我只能尴尬地
走到最前面去

"让湮灭球的主人过来！"观察者命令道。

你有没有做过这样的梦——你被叫到校长办公室，却完全不知道是因为什么。

好吧，这就是我现在的感觉，而且这种感觉还被放大了无数倍。

观察者看不见我，但他还是将头转向了我，仿佛他能感觉到我正躲在黄道十二宫的背后。

"让他到我面前来。"观察者再次命令道。

外星少年们紧张地向两旁分开，给我让出通向观察者的道路。天蝎不是说由他来说话吗？他能说的只有这么多？！现在，如果不想跳下悬崖摔死，我就只能走到这帮人的最前面去。

直到站在观察者面前，我才意识到他有多么高大。幸好他坐在椅子上，我不至于把头抬得太高。我猜，如果他站起来，至少会有三米高。

他的身体散发出微弱的白色光晕，让他看上去就像神明。我知道他有上百亿岁了，所以他那张光洁无瑕的脸格外让我震惊。如果我能够得到他的护肤霜配方，我一定能成为地球上最富有的人！

我尴尬地站在他面前，时间仿佛完全静止了，我不知道自己应该先开口说话还是应该等他先说话。就在这时……

"为什么你要毁掉湮灭球？"他用洪钟一样的声音

问道。

我努力不让自己尿裤子。

说实话，我根本不知道该怎样回答才比较好。

"我……嗯，当时我觉得这是最好的办法……"我的嗓音变得格外尖细。

"那你真是一个蠢货。"观察者说道，"你摧毁了唯一能够拯救这个宇宙的东西。"

好吧，我可不管这家伙是谁，所有人都说我在湮灭球这件事上犯了蠢，我受够了！

"听着，我也许是有点鲁莽，"我说道，"但那个球就那么落在我的手里，我倒是想把它还回去，但我连回信地址都没有。"

"你太轻率了。"观察者说，"我感觉到你对自己的所作所为毫无悔恨之意。湮灭球是一件可以用来行善的工具，不应该这样被人毫不在意地当作垃圾丢弃。"

等等，什么？

那个球是行善的工具？

这和我所知道的可完全不同。

凯明为了阻止她的光灵同胞得到那个球而牺牲了生命。

我清楚地记得她对湮灭球的评价——那是一个寄生虫，以宿主最自私的欲望为食；是一个拥有巨大力量的生命体，但它的力量只会造成死亡和毁灭。它被放逐到一颗位于星系尽头的偏远的行星上，只是为了不让任何人找到它。这样的东西怎么可能用来行善？

情况有些不对劲。

我端详着观察者白色的双眼，心中思考他到底能看见多少。双子说他是个疯子，那么，他真的是一位伟大的观察者吗？还是一个彻头彻尾的大骗子？

我决定试一试。

"我尊敬的观察者先生，请恕我直言。你刚才说的真是一派胡言。"

我听到身后传来一阵大喘气的声音。

"艾略特，"双子悄声质问我，"你在干什么？"

"别担心，"我也悄声回应她，"境况在掌控之中。"

双子的脑袋耷拉了下去。

"首先，"我说道，"如果你像我的好朋友们相信的那样真的能看到一切，那么你就会知道，在湮灭球属于我之前，是光灵皇帝得到了它，并且想利用它来统治整个宇宙。其次，如果不是我和我的朋友们的英勇战斗和牺牲，我们现在都已经变成了湮灭球的傀儡。所以，我有点惊讶，一个名为'观察者'的人，竟然对这些事如此视而不见。"

观察者沉下了脸。

"他不能这么说话。"双子又在我身后悄声说道。

我感觉有人在后面拽我的肩膀。

但我丝毫没有退缩："我猜，实际上你只能看到自己前面几尺远，对不对？"

天蝎抓住我的胳膊："该走了，英雄！"

我甩掉他的手，站在原地一动不动。

观察者露出微笑。

"你再一次证明了你的愚蠢，湮灭球的主人。"他说道，"观察并不一定需要视力，就像不需要敏锐的洞察力，就能明白我们都不过是一场棋局中的棋子——那是一场完全不由我们控制的棋局。"

棋局？他在说什么胡话？

"那就这样吧，大家伙。"我转向黄道十二宫，"我们离开这里。这个家伙根本就是个疯子。"

"如果你们愿意，尽可以离开。"观察者说，"但如果你们离开了，就不可能获得你们渴望得到的信息。我无法忘记那个令人痛苦的约束——我不能干涉宇宙的事务。只是看到你们走了这么远的路来到这里，我愿意冒险破一次例。你们可以问我一个问题。"

天蝎抬手挡住我们："等一下。"

然后他转向观察者："白羊出什么事了？"

观察者一挑眉毛："这就是你们最希望知道的事情？你呢，湮灭球的主人？你也只想得到这个问题的答案吗？"

我明白黄道十二宫想要知道白羊现在的情况，但我的确还有另一个问题想问。

所有人都叫我"湮灭球的主人"，这让我不得不思考一个问题。

一个我长久以来一直在怀疑的问题。

我走到观察者面前，吃力地咽了一口唾沫。"湮灭球还存在吗？"我问道，"它是不是没有毁灭？"

观察者的嘴角挂着一丝冷笑："就像你自己说过的，湮灭球是一个宇宙级别的生命体。但不管怎样，它依旧只是一个生命体。"

等等，我没有把这个想法说出来过。我的确是这样想的，但我从没有这样说过。

"所有生命体天生就有保护自己的本能，湮灭球也会采取一切必要的手段确保自己生存下去。因此，我相信，如果你要寻找湮灭球，你用不着走很远的路。"

这是什么意思？我用不着走很远……

我想到了。

湮灭球就在……我体内！

突然间，我感到一阵恶心。

观察者深沉的笑声回荡在我的脑海中。

一切都变得模糊。我的膝盖在发抖。我突然飘了起来。我的目光转向上方，看到金牛正在俯视着我，我的手脚都垂了下去。是她在抱着我吗？行星从天空中飘过，消失在无尽的黑暗中。

…………

在一阵微弱的嗡嗡声中，我感受到一种轻柔的颠簸。我睁开眼睛，环顾四周。我们回到了幽灵船上，黄道十二宫正来回走动，查看监视器上的读数，按下各种按钮。我向舷窗外看了一眼，我们正在太空深处，观察者的世界早已不见了踪影。

我靠回椅子上。观察者的话仍然深深扎在我心里。这不可能。我以为我已经和湮灭球一了百了了。我明明看到至高指挥官拿着它上了战舰，感觉到它在宇宙的某个地方爆炸了。但湮灭球没有湮灭，它还在缠着我。

这根本没有道理。

我闭上眼睛，深吸了一口气，将意识延伸出去，想要与湮灭球连接，就像以前那样。但我什么都没有找到。

一丝一毫都没有。

我想起了我的家人，我想知道他们正在做什么。爸妈可能被吓坏了。我能想象技术霸主整夜待在它的实验室里，努力寻找一切方法来追寻我的踪迹。我走了这么久，我相信就算是格蕾丝也一定在想念我。还有小影……好吧，希望那个毛团平安无事。如果能再见到它，那真是太好了！

但我被困在了这里，只有我自己一个人。

我是个什么样的英雄？

之前，我被踢出自由力量，因为我无法控制自己的能力。现在，我又被困在外太空，不知道该怎样回家。

我感觉到一滴泪水滑过面颊，急忙将它抹掉。

永远不要显露软弱。

我看到狮子将座椅转向天蝎，然后他们两个同时看向我，开始嘀咕起来。

我相信，他们是在讨论该在哪里丢下我。

双子滑到我旁边的座位上："你现在感觉如何？"

"你指的是我身体里钻进了一个外星寄生虫的感觉，还是我也许再也见不到家人了的感觉？"

双子头上的触角和目光一同低垂下去。呃，我完全忘记了她的遭遇。我这些话也太冷酷无情了！

"抱歉，"我羞愧地说，"我忘记你的整个世界都不在了。"

"没关系。"她揉了揉眼睛，"我也刚刚开始适应这件事。说实话，我还没有完全走出来。但这里现在是我的新家。也许有点不正常，但它的确是一个家。"

"是的，他们看上去都是好人，只有狮子除外。它总是让我浑身起鸡皮疙瘩。"

"它是有点奇怪，不过它心思不坏。我必须承认，你在观察者的世界吓了我一大跳。我没想到你会那样对他说话。"她拨开落在脸上的一缕头发，给了我一个有些突兀的微笑。

我觉得自己的脸变红了："说实话，我也没想到。但他的话的确把我惹毛了。谁知道他到底是怎么回事？我没想到他是瞎子。他真的什么都看得见吗？"

"我明白你的感受。"双子说，"传说中从没有提过这件事。他说不能干涉宇宙事务，是'令人痛苦的约束'，这又是什么意思？"

"蝎子，"双鱼在舰桥上高喊，"我们又有伴了！"

我向船头的大舷窗外望去。几艘大型战舰把我们包围了！我见过这些战舰，是光灵战舰！

"他们是怎么找到我们的？"天蝎问道。

"他们要和我们通话！"双鱼说。

一个黄色皮肤、下巴方正的男人出现在屏幕上。他的一双尖耳朵不停地抽搐着，一双放射出绿光的眼睛逐一扫过我们的面孔。我注意到，他的头上戴着一顶王冠。

是那个疯狂的光灵皇帝！

事情不妙。

"我没什么耐心，"光灵皇帝开口了，"所以，我就有话直说了。你们的船上有一个星际罪犯，光灵帝国的敌人。这个罪大恶极之人帮助一名叛徒无缘无故地杀害了一整个鲜血使徒的使团，摧毁了光灵帝国的战舰。如果你们还想要自由，我建议你们立刻交出那名犯人，否则你们将被视为他邪恶行径的帮凶。"

什么？事实和他说的完全不一样！

"请原谅，我只是陈述一下事实。"狮子对它的同伴们说道，"那是光灵皇帝。我们应该认真考虑一下现在的状况。"

什么？我还以为它和我是一边的！

但狮子是对的，如果想要黄道十二宫活下去，我就只能向光灵自首，否则光灵皇帝一定会把他们都杀死。我看向双子。他们已经受了太多的苦，我不能让他们遭遇不幸。

天蝎看了我一眼，转向光灵皇帝。"抱歉，"他说道，"但——"

"等等！"我迈步上前，"感谢你们为我做的一切，但我要走了。"

"什么？"双子喊道，"你不能——"

"不，没关系，让我走吧，然后你们尽快离开这里。"

"但他会杀了你。"金牛攥紧了拳头。

"如果我不过去，他会把你们都杀掉——你们所有人！相信我，这才是最好的办法。"

我大步走到舰桥中央，面对光灵皇帝："抓走我吧，我准备好了。"

光灵皇帝露出无法掩饰的笑意。"将传送光束对准湮灭球的主人，"他命令道，"快！"

湮灭球的主人？他刚才不是管我叫"罪犯"吗？原来

他抓我是为了湮灭球！

我突然生出一种非常怪异的感觉。

我低下头，看到不断闪烁火花的橙色能量缠绕住我的手臂。我的脚一下子离开了地面，我开始被托举到空中！

这从感觉上完全不像传送设备。

"出什么事了？"我听见光灵皇帝在高声喝问。

"你们这群蠢货，我命令你们用传送光束把他弄过来！"

等一下！虹吸和霸王也是被这种能量缠上的！

"艾略特！"双子尖叫一声。

我看到她向我冲过来。

然后我就离开了幽灵船。

奇迹档案

观察者

姓名：未知	身高：3.05 米
种群：未知	体重：未知
身份 / 状态：宇宙生命体 / 活跃	眼睛 / 头发：白色 / 秃头

奇迹等级：无法估计

- 观察宇宙的全部事件

- 不能干预任何事件

能力评分

战斗力 无	
耐受力 无	领导力 无
策略 无	意志力 无

·第八章·

我进入了一个
噩梦般的游戏

我躺在床上。

但这不是我的床。床上的被褥都很硬，枕头很薄。我也感觉不到小影靠在我身上的重量。通常它会把被子抢走，把我挤到床边。这一次，只有我一个人，我可不觉得这是什么好事情。

我不知道自己在哪里，也不知道自己怎么就到了这个地方。随后，全部记忆冲进了我的脑海，我的心则在恐惧中沉了下去。我记忆中的最后一件事是我被神秘的橙色能量完全吞没，就像虹吸和霸王一样。那股能量救了我，让我摆脱了光灵皇帝。它也有可能已经杀了我。但我不能现在就上天堂，让我不放心的事情实在太多了。

我睁开眼睛，却被头顶上方的强光照得什么都看不见。我只好遮住眼睛，再仔细观察周围。好吧，如果我没有死，我应该庆幸自己所在的这个地方还算不错。

我躺在一个白色的小房间里，房间面积和一辆小货车的车厢差不多。我的床位于房间正中央，除此之外，这里唯一的家具就是我右手边的一张白色长凳。我的衣服叠得整整齐齐，就摆在那张凳子上。等一下，这就是说……

我朝被子里面瞅了一眼，看到自己身上穿着一套白色睡衣。

幸好！

否则就太尴尬了！

等一下！我不记得这身睡衣是我自己穿上的！

好吧。

随着双眼逐渐适应周围的光线，我注意到另一件古怪的事情——这个房间没有门。那么，我到底是怎么……

"早上好。"一个声音响起。

我吓了一大跳。

我右手边的长凳上坐着一个又高又瘦的男人。一秒钟之前，他肯定不在那里。他的头发雪白光亮，整齐地梳在脑后，皮肤是浅紫色的。他穿着一身整洁的黑色西装，系着领带，胸口衣兜里插着白色的装饰手帕。更奇怪的是，他的眼睛没有瞳孔，而是充满了星星。

"抱歉，我不是有意要吓你。"他从衣兜里掏出一个圆形的小锡罐，"要薄荷糖吗？你睡了这么多天，一定觉得自己嘴里的味道很不好。"

"你是谁？"我问，"我睡了多久？"

"想吃就自己拿吧。"那个人打开锡罐，将一粒白色的薄荷糖放进自己的嘴里，"你的第一个问题——我被称为'秩序'。你的第二个问题——准确来说，你已经睡了五天四小时二十三分十三秒。"

"什么？"我问，"你是认真的？"

"你会发现，我一直都是认真的。"秩序回答。

"好吧。那么，我能回家了吗？"

"回家？"秩序说，"哦，恐怕不能。你已经被选中参加一场重要的比赛了。"

"比赛？什么比赛？"

秩序微微一笑，他的牙齿又白又整齐。

"看得出，你很困惑。不用担心，到时候你就明白了。不过我认为，首先应该让你知道你参加这场比赛的目的是什么。"

秩序打了个响指，一幅外层空间的图景出现在墙壁上。画面中央是一颗黑色和粉色交杂的行星，周围环绕着三颗小卫星。

"这是普罗塔拉安，"他用欢快的声音说道，"我最喜欢的世界之一。它的风景真是美极了，有辽阔的草原和幽深浩瀚的海洋。而且，那上面生活着这个大星系中一些神奇的生物。普罗塔拉安人勤劳且热爱和平。那里的野生动物种类丰富、数量众多。你知道吗？那里的甲壳动物就有一万零四百九十三个亚种！"

突然间，一个小斑点出现在画面中，就像晚上的萤火虫，径直朝普罗塔拉安飞去，身后留下一道像彗星尾巴一样的明亮的痕迹。

画面迅速向我们拉近，我看清那"萤火虫"实际上是一个人——一个由火焰形成的人！

"那是谁？"我问道。

"信使，"秩序回答，"昭示着终结的开始。"

我搞不懂秩序的话是什么意思，只是看着那个被称为"信使"的家伙绕着普罗塔拉安转了一圈又一圈，拖在他身后的痕迹越来越亮，最终形成了如同电子环绕原子核一般的图案。当然，这时的"原子核"就是普罗塔拉安。我依稀感觉到有什么不好的事情要发生，而我不知道是不是应该继续坐在这里，看着那件事发生。

"呃，你都知道些什么？"我向秩序问道，"那个信使飞得很漂亮，然后会发生什么事？我们不如去喝杯奶昔，今晚就这样吧？"

但秩序这次没有回话，只是紧盯着那个信使。我不情愿地将视线转回到画面上，仔细看下去。

神秘的绿色迷雾从画面底部缓缓升起。一开始，它只是很细的一缕，但一接触到普罗塔拉安，它就立刻开始扩张，迅速覆盖了整个行星表面！信使则如闪电般离开画面，只留下身后的火焰痕迹。

现在那团绿色迷雾完全遮蔽了我的视线，我甚至无法再看见普罗塔拉安了。我正要问秩序这是怎么回事，那团绿色迷雾一下子凝固住，就这样完全包裹了那颗行星！

那个绿色的东西……是活的？

绿色迷雾开始有规律地脉动。突然它开始收缩，毫无警兆地向被它困住的世界施加巨大的压力，紧接着就是一连串天崩地裂的巨响。

"它要把那颗行星压碎！"

"不，"秩序说，"它是在进食。"

轰隆！

震耳欲聋的爆炸声伴随着刺眼的强光爆发。我用双手遮住眼睛，但我的速度还不够快。随后几秒钟时间里，我能看到的只有一片雪白。我的耳朵也好像坏掉了，只能听到一阵阵尖鸣。在眨了无数次眼睛，终于能看到一点东西的时候，我不由得吃惊地张大了嘴。

普罗塔拉安不见了。

只剩下一片碎石海洋，漫无目的地飘荡在太空中。我在这片碎石海洋的顶上看到，一缕绿色迷雾缓缓移出了画面。

"行星……行星没了！"我惊愕地说，"所有人都……都……"

"不复存在了。"秩序说，"现在你应该明白这场游戏的规模了。它将关系到一颗行星的命运。"

"我……我不明白。"我说。

但实际上我明白了。

那团吞噬普罗塔拉安的绿色迷雾是……

"灾星！"我脱口而出。

"是的，"秩序说，"灾星，世界的灭绝者。"

就是这个变态的东西摧毁了双子和天蝎的家园，摧毁了黄道十二宫所有成员的世界！难道只有用湮灭球才能阻止它？我到底该怎么做？

我的脑子飞快地转动。直到现在，我还是完全搞不清眼前的状况。更重要的是，我该如何离开这里。我深吸一口气，努力让自己冷静下来。如果我不把这些事弄清楚，我就再没有可能回家了。

"好吧，"我说，"我们有话直说。我该如何参与你说的这场比赛？然后我该怎样回家？"

"非常简单。"秩序用他的白手帕擦了擦眼睛，"你被选中成为星系代表——我的代表，去为一颗行星的命运而竞争。如果你赢了，那颗行星就能存续下去。但如果你输了——"

"它就会被灾星吃掉？"我替他把话说完。

"是的。"秩序站起身，双手背在身后，开始来回踱步，"在永恒的时间里，一直都是如此。要知道，我和我的兄弟——混沌，接受的任务就是确保万物处在适当的平衡状态。我的工作是设立、约束和维持界线；我兄弟做的事情则完全相反，他要制造压力、混乱和随机性。我们一直都针锋相对。说实话，我觉得这太令人疲惫了。"

"所以你们就像是……神之类的生灵？"我问道。

"哦，不。"秩序说，"我们可不只是神，应该说远远超过了神。可以说，我们就是编织成宇宙的经纬线。"

"那你们不停地斗来斗去，的确让人很疲惫。"我承认。

"是的。于是我们达成一致，在新的太阳系诞生之后，我们不再不依不饶地毁掉对方所做的一切，而是进行一场简单的比赛。我刚刚给你播放的就是上次比赛的录像。很不幸，上次我的代表输了。我希望这次由你来帮我。"

"我需要做什么？"我问。

"你，还有我选出的另外三名代表，需要全力以赴找回一件隐藏的神器。先找到这件神器的团队将决定一颗行星的命运。如果我的团队赢了，那颗行星就能再存续一百万年。如果我兄弟的团队赢了，那颗行星就会被灾星吃掉。此外，他的代表都能得到新的行星，成为那里的统治者。"

他盯着我，而我还在消化他所说的这一切。

无论这是游戏还是比赛，都没有他说的那么轻巧，而我连自己的能力都控制不好。难道他不想赢吗？也许他应该选我爸爸、妈妈或者自由力量的其他成员。不管怎样，肯定不是我！

"嘿，听着，"我说，"你想让我加入你的团队，我真是受宠若惊。但我在任何比赛中都没有赢过，甚至连跳棋也没赢过！你真的是认真的？我觉得你找错人了。"

秩序再次露出微笑："我评估过成百上千的参赛代表。有时候，我是对的。有时候，我错了。无论如何，你是我选的，所以，你必须参赛。"

"如果我拒绝呢？"

"我和我的兄弟有过约定，如果选出的代表拒绝参赛，那么这支团队就自动丧失比赛资格。如果那支团队恰好是我的，那么就会有一颗行星被毁掉。"

我深吸了一口气，心中想着双子的世界。她失去了自己熟悉的一切，我不愿意让这样的事再发生在任何人的身上。我无法想象，自己该如何为数十亿人的死亡负责。

"既然被你抓来了，"我说，"好吧，我想我也没有别的选择。"

"根据我的观察，你是不会拒绝的。"秩序快活地说道，"现在，还请好好休息和吃饭。"

他又打了个响指，一托盘食物出现在床脚，有比萨、黄瓜、玉米脆片，还有一大杯乐啤露。全都是我喜欢的！光是闻气味，我就觉得香极了！

我立刻大口吃起来。感觉上，我已经有好几天没吃过东西了。

"明天，你会和你的队友见面。"秩序说，"不过在离开前，我还要告诉你这场比赛的赌注是什么。"

他又打了个响指。但我一门心思扑在食物上，连头都没抬。

"等到明天早上屋门出现的时候，"秩序叮嘱我，"一定记得穿好制服再出去。"

我还在大吃特吃，等到我总算想起来应该问问厕所的事情，才再次抬起头时，秩序已经不见了。

我朝墙上的新画面瞥了一眼，手里的比萨一下子落回盘子里。

悬浮在我面前的是一颗我非常熟悉的蓝绿色行星。

地球。

奇迹档案

秩序

姓名：秩序	身高：所显示形象为 2.1 米
种群：不适用此概念	体重：未知
身份：宇宙生命体	眼睛 / 头发：黑色 / 白色

奇迹等级：不适用此概念	能力评分	
与其兄弟"混沌"共同实现宇宙的平衡	战斗力 +++	
唯一任务是设立、约束和维持宇宙不同领域之间的界线	耐受力 +++	领导力 +++
	策略 +++	意志力 +++

· 第九章 ·

我被错当成别人了

当然，我一整个晚上几乎都没能睡着。

地球的命运将取决于我的行动！知道这种事怎么还能睡得着？我整夜在床上翻来覆去，想着地球上那些无辜的人，那些只是在担心脸上的痘痘、明天的作业以及社交媒体上点赞数的孩子。他们根本不知道这里正在发生什么，更不会为了全人类的生存而战斗，去阻止一团可吞噬一切的迷雾！

不，看样子，应该是只有我足够愚蠢，才会报名参加这种比赛。

我到底在干什么？为什么秩序会选中我？我还只是一个小孩子，不是什么银河角斗士！为什么他不选我爸爸和妈妈？就算是格蕾丝也比我强啊！他们都见过大阵仗，能好好控制自己的能力。我？我就是个菜鸟，还根本不知道该怎么控制自己的能力呢。

我环顾了一下这个小房间。这里没有钟表，所以我不知道现在的时间。秩序说，等到他为我做好准备的时候，会有一扇门出现——谁知道他什么时候能做好准备？

我刚想到这件事，就吃惊地看到一扇门出现在房间一端。看样子，比赛时间真的到了。我穿好衣服，冲过那扇门，却发现自己是跑进了厕所。看样子，发出召唤的不是秩序，而是我的身体。

好吧，如果我有这样的能力，恶棍会怕我的。

我觉得自己是坐了几个小时的单人牢房。为了防止自己发疯，我又是开合跳，又是跳摇摆舞（译者注：原文为Hokey Pokey，是一种让儿童活动身体各部位的舞蹈）。不过，我做得最多的还是思考。

尤其是关于湮灭球的思考。

我想不通的是，如果这个球真的就在我的身体里，那为什么它不能像以前那样发挥神奇的力量。上一次，我和它能够进行精神交流，它发疯似的不停和我说话。现在它却完全保持静默。我怀疑它因为我让它炸掉而正在生我的气。当然，它生气是有道理的。

湮灭球是一个宇宙级别的寄生虫。当它拥有自己的身体，还在宿主的身体外面时，它会在精神上与宿主连接，以宿主最强烈的欲望为食。现在它跑到了我的身体里，又会怎么做？我不由得开始把它想象成一条链状带绦虫。

我越想越睡不着，于是跳下床，准备打破我五个俯卧撑的惊人纪录。就在这时，我注意到了一件不寻常的事。

我面前出现了一扇门。

一扇金色的门。

上一次出现的门是白色的。我猜，这一定就是要我出去的那扇门！

我急匆匆地穿好衣服，心中却突然涌起一阵强烈的不安。真的要出去了？如果秩序没骗我，那么随后发生的事情就将决定地球上每一个人的命运——包括我的家人的命运。

而他们的生死全都取决于我。

我戴上面具，把背后的斗篷抻平。一位勇敢的朋友的话回荡在我的脑海中：**永远不要显露软弱**。

深吸一口气，我推开了那扇门。

我走进了一个巨大的白色房间，这里的墙壁有几百米高，沿墙壁有许多金色的门，就像我身后的那扇门一样。这个房间同样没有窗户，所以我还是无法确认现在是白天还是黑夜。

秩序说过，我会在这里和我的队友见面，但这里看不到其他人，只有……

"你是朋友还是敌人？"一个声音响起。

我转过身，发现一个面容严肃的男人正站在我身后。他是从哪里来的？他在用一双绿眼睛审视我，那双眼睛周围是厚实的皮革面罩，两边装饰着黑鹰的图案。从他的一头黑色长发和一身古铜色衣服来看，他很像是美洲原住民，但他的皮肤是蓝色的！

他将双臂交叉在宽厚的胸膛上，又问了一遍："朋友还是敌人？"

"朋友。"我急忙说道，"我……我觉得我们应该是队友。"

那个人又认真地看了我一眼，然后伸出手："我是风行者，界域游侠。"

我握住他的手："我是零点超人，自由力量的成员。嗯，有时候我是自由力量的成员——我是说，在我没被禁足的时候。"我露出有点尴尬的微笑。

看他挑起的眉毛，我知道自己没有给他留下多么深刻的印象。继续努力吧，艾略特。

又有一扇门打开了，一个身材高大的人走了出来。一开始，我以为他是成年人，但看面容，他还很年轻，可能只比我大一两岁。他的肌肉看上去非常结实，但他身上真正吸引眼球的是前额上那双弯曲的长角。难道会是他？

"行行好，"他将两只大手攥成拳头，"告诉我你是坏人，因为我真的很想闯过这道难关，然后回到我的朋友中间去。"

"噢，大个子，"我对他说，"你是白羊，对不对？"

他用好奇的眼神看着我，显然是在努力思考我怎么会认识他："你怎么知道的？你是谁？"

"我是零点超人。"我竭力显示出信心满满的样子，"在我的世界，我是一名英雄，是自由力量的成员。最近几天，我一直在和你的团队一同旅行。我知道你们是黄道十二宫。"

我的感觉好多了。

他上下打量我："你就是零点超人？你是不是在耍我？"

应该不是。

一道重重的撞门声震动着我的耳膜。

"他在这里干什么？"随后传来的是一个气恼的女性

声音。

我转过头，看见一个女孩正站在一扇门前。她有一头褐色的长发，面具和紧身服都是蓝色的，紧身服的上身部分和腿部还有白色流星的花纹。

等等，为什么我认识这身衣服？而且她那副怒气冲冲的表情怎么这么熟悉？

女孩抬手向我一指，命令道："退后，超级变态！"

等等！等等！超级变态？我？她的声音怎么也这么熟悉？

"你是谁？"白羊问。

"我是谁？"女孩说道，"我是荣耀少女。我要把这个浑蛋踢出去。"

荣耀少女？格蕾丝？

但格蕾丝可没有褐色的头发。

没等我再想下去，那个女孩已经冲向了我。但还没等她的步子完全迈开，她就已经被固定住了。

"停下，英雄们！"

我想要转头看看，却发现自己也被固定住了！

秩序出现了。他从我们头顶上方盘旋而下，悄无声息地落在地上，然后打了个响指。我们一下子又能动了。

"我建议你们不要彼此伤害，"秩序说道，"毕竟你们很快就要合作了。"

"你疯了吗？"女孩喊道，"我不会和他一队！他霸

〈106〉

占了我的整个世界！"

"格蕾丝，你在说什么？"我完全糊涂了。

"你竟敢直接叫我的名字！你这个暴君！"她怒喝道。

"怎么了？"我问，"你到底出什么问题了？"

"她没出任何问题。"秩序在旁边说，"在她的世界里，你的确是一名暴君。"

"她的世界？你在说什么？"我更糊涂了。

"也许我能解释。"风行者说，"我的能力让我可以在不同的世界，甚至在不同的宇宙之间游走——"

"等等！"我打断了他，"你是说，存在不止一个宇宙？"

"是的。"风行者说，"我知道，你认为你的真实——此时和此地——是唯一的事件序列。但真正的事实要复杂得多。我们站在我们的宇宙中，还有其他宇宙和我们的宇宙并存。你可以管它们叫镜像宇宙。那里的事件序列也在按照时间线索展开，只不过结果会和我们这里迥然不同。"

"你的意思是，有两个格蕾丝？"我指着那个女孩说道。这个想法真让我不寒而栗。

风行者微笑着说："镜像宇宙可能有成百上千个，也就是说，会有成百上千个格蕾丝，就像会有成百上千个你一样。"

"成百上千个格蕾丝？"我说，"我觉得你刚刚让我的脑袋炸开了。"但如果他是认真的，那么这个格蕾丝的头发为什么是褐色而不是金色，也就能解释了。还有，她的制服为什么是蓝色的而不是红色的？因为她不是我姐姐！或者说，她是另一个宇宙里的我的姐姐！那真是一个完全莫名其妙的宇宙！

"等等！"我对这个格蕾丝说，"你的意思是，在你的世界里，我就像是……一个国王？"

她将双臂抱在胸前，啐了一口："我没有说'国王'，我说的是'暴君'。"

"听起来还挺厉害！"我说道。

"够了，"秩序说，"没时间了，你们必须先熟悉规则。"

格蕾丝恶狠狠地瞪了我一眼。我觉得，我这个宇宙里的姐姐比她好多了。

秩序打了个响指，一幅带有网格的全息地图出现在我们眼前。

"你们将在竞技场世界进行战斗，那是一颗有着多变地形和极端气候的行星。不要低估这些事实。你们为了应对竞技场世界中的种种问题而采用的方式，很可能最终让你们赢得胜利，或者遭受失败。"

好吧，听起来不像是个好消息。

"我已经分别对你们每一个人做了解释。"秩序继续说道，"你们的对手是我兄弟混沌的团队，此次比赛的任务是找到一件隐藏的宝物。这就是你们要找的。"

秩序又打了个响指，一个闪烁着橙色光晕的银色立方体出现了。

"这是创生立方。我必须警告你们，创生立方不是一个简单的物体，它是有知觉的。所以，你们也许应该将它当成一名玩家，而且很可能是一名会为了自己的利益杀死你们的玩家。"

太棒了，现在我们的任务就是拿到一个精神有问题的纸巾盒。

秩序再次打起响指，图中的竞技场世界变成了地球。

"这场比赛的赌注很大。如果你们失败了，数十亿人将会失去生命。今天，你们要彼此认识，探索如何才能更好地合作。你们要练习成为一支团队，熟悉彼此的能力。"

我偷瞥了格蕾丝一眼，她还在怒视着我。

"明天，"秩序继续说着，"你们将为生命而战。但在我离开前，我认为还应该让你们看看对手的样子。你们要仔细研究我兄弟的团队，商讨你们该如何赢得胜利。"

随着秩序再一次打起响指，他消失不见，只留下了我们敌人的全息图像。

其中一个我不认识，但肯定是光灵的鲜血使徒。

然后，是虹吸！

还有霸王！

还有……妈妈？

奇迹档案

荣耀少女二号

姓名：格蕾丝·哈克尼斯	身高：1.6 米
种群：人类	体重：46 千克
身份 / 状态：英雄 / 活跃	眼睛 / 头发：蓝色 / 褐色

奇迹等级二 / 飞行	能力评分	
强飞行能力	战斗力 29	
飞行中结合重力，达到有限超级速度	耐受力 26	领导力 40
	策略 28	意志力 57

· 第十章 ·

我根本就是在
自取其辱

要建立一支团队，可是有许多事要做。

秩序把我们对手的全息图像丢给我们，就消失得无影无踪了。接受了这枚信息炸弹之后，我们四个并没有聚在一起商讨策略，而是各自走到一旁。说实话，我觉得这样挺好。刚刚那五分钟内发生了太多事情，有些问题我需要想清楚。

首先，我要搞清楚镜像宇宙。很难想象在某个地方，会有另外一个我干出了我连做梦都不敢想的事情，比如征服整个地球。怎么会发生这种事？我还不太相信这是真的。

但我的另一个姐姐就在不到十米远的地方来回踱步，这是我没办法否认的事实。为了不把自己搞糊涂，我在心里管她叫格蕾丝二号。很明显，她对我恨之入骨。真不知道我们该如何齐心协力拯救地球。

然后是一件更让我无法接受的事情。

很明显，我们要和妈妈作战！

当然，她应该不是我的妈妈。我的妈妈是一位真真正正的英雄。这就意味着，在另一个吊诡的地球上，妈妈变成了恶棍！这才真的让人发疯！我不知道那个妈妈是不是来自格蕾丝二号的地球。我猜她可能是妈妈二号，也可能是妈妈三号或者妈妈一〇三号，谁知道呢？

我觉得有一把锤子正在不停地敲我的头。

秩序离开前，为我们留下了丰富的自助餐，各种各样的食物应有尽有。我看到风行者和白羊拿起餐盘，开始一边在盘子里堆积食物一边聊天。我的肚子也咕咕地响了起来，看样子，我应该吃些东西了。毕竟，谁知道下一顿饭什么时候才能吃上呢？

我向摆放食物的桌子走过去的时候，听到了那两位英雄的几句谈话。

"……不知道他们能不能齐心协力。"风行者说。

"那就棒极了，"白羊说，"我们死定了。"

"情况如何，伙计们？"我拿起一只鸡腿。

白羊用非常认真的眼神看着我："如果我们要赢，你就必须跟她和解。"

"我？你们都看到了，有问题的是她。你们忘了吗？"

我们向格蕾丝二号看去。她正背靠墙壁坐着，头枕在膝盖上。

"也许是这样。"风行者说，"但你必须解决这个问题。几十亿人的生命全都取决于你的行动。"

"为什么是我？是她挑头的！我什么都没有做，更没有干过任何冒犯她的事！"

我又回头瞥了一眼，看到她正在抹眼泪。

突然间，爸爸的话跳进我的脑子里：**我们是英雄。我们发过誓要救助那些需要我们的人……**

有时候，当好人真的让人很不爽。

"好吧，"我看着风行者和白羊，"这件事交给我。"

但我该怎么做？我用余光看到餐桌上有一大盘果冻甜甜圈。也许……

我拿起餐巾，包起一只甜甜圈，深吸一口气，走到格蕾丝二号身边，坐了下去。

"果冻甜甜圈，要吗？"我说道，"我姐姐最喜欢吃这个了。"

"谢谢。"格蕾丝二号说，"我也是。"她伸手拿过甜甜圈，咬了一大口。"抱歉。"她一边嚼着甜甜圈一边说，"我以为你是另一个人，有些失去理智了。不过我想，你就是你，不是我想象中的那个人。"

"没关系。"我说，"你当时真的吓了我一跳。我是说，我根本不知道镜像宇宙的事情。那简直颠覆了我的认知。"

"是的，我也是。"格蕾丝二号说，"那太匪夷所思了。"

在她吃东西的时候，我开始认真端详她。除了褐色的头发以外，她和我的姐姐简直一模一样，就连鼻子上的雀斑都毫无差别。

太令人难以置信了。

"那么，"我说，"如果你不介意，我问一下，你的妈妈在那边吗？我是说，我的妈妈在我的世界里是一位英雄。"

格蕾丝二号吁了一口气："是的，那就是我妈妈……洞察女士。自从她和爸爸离婚以后，我就再没有见过她了。"

"离婚？"我惊呼一声。

"是的。"格蕾丝二号继续说道,"她曾经也是一名超级英雄,但后来,她变成了恶棍。这让我爸爸变得意志消沉,甚至脱下了自己的英雄制服。而且,后来你成为大独裁者,宣布所有超级英雄都是非法的。"

"我干了什么?"

"宣布所有英雄都是非法的。"格蕾丝二号重复了一遍,"你还悬赏,所有抓到超级英雄的人都能得到赏金。只要落到你手里的超级英雄,你都会消除他们的能力——是永远消除。于是整个世界都落入了恶棍们的手里。他们横行霸道、为所欲为,组成一个个超能力帮派,划定自己的地盘。但我们还是有一支由英雄组成的地下团队,不屈不挠地和你对抗。我们称自己为自由力量。总有一天,我们会推翻你的统治,让世界重回正轨。"

我看着她越说越激动。

"等一下,"我说,"别忘了,干那些事的不是我,是你的世界的你的弟弟。"

"抱歉,"她显得更加沮丧了,"你是对的。只是现在这些事太让人困惑了。我还看到妈妈就在对面……"

"嘿,"我伸手按住她的肩膀,"我理解。但我们是英雄,不是吗?我们要拯救世界,哪怕其他人都放弃了,我们也不会放弃。"

她向我露出微笑:"你说得对。我们要团结一致,要把那些误解和偏见抛到脑后去，对不对？"

她伸出手，我们的手握在一起。

"顺便说一句，艾略特，"她又说道，"你在我的宇宙里是金色头发。"

"什么？"我说，"你在开玩笑吧？"

我们站起身，风行者和白羊也走了过来。白羊向我点头："好了吗？"

"是的，"我回答，"我们没问题了。"

"太棒了！"风行者说，"现在我们必须了解彼此的能力和力量强弱。"

"这也正是我回来的原因。"秩序的声音在空中响起，把我们都吓了一跳。

"这人真够烦的。"格蕾丝二号悄声说。

"做好准备吧。"秩序说道。

突然间，所有金色的门都打开了。

"我有一种不好的感觉。"白羊说。

"这个练习不会像你们明天的任务那样困难。"秩序说，"不过，它还是很有……教育意义的。"

说完，他又没影儿了。

"我们要团结一致。"风行者说道。

我们背靠着背，站在房间正中央，等待秩序将会丢给我们的妖魔鬼怪。

我们就一直站在这里，感觉好像站了一个世纪。我深吸一口气。那么多人的命运全都落在我的肩上，让我感觉无比沉重，但我现在连自己的能力都控制不了。我需要确保能够精确使用自己的能力，而不是无意中消除队友的能力。

同时，我们的对手还必须都拥有超能力，否则我就毫无用处。

就在这时，我们听到了一阵蜂鸣声——应该是高频率的蜂鸣声汇聚在一起，形成的一种震耳欲聋的声音，就好像一大群……

"机器人！"格蕾丝二号喊道。

机器人，当然，机器人。

我正要告诉我的队友们，在这群机械怪物面前，我就像一颗松果一样毫无用处，那些铁家伙已经向我们发动了进攻。它们个头大，速度又快，我只能看到一双双亮着红光的眼睛，还有许多大铁钳子和飞速旋转的尖刺转轮。它们全都向我们猛扑过来。

我总算及时跳到了一旁。一个机器人从我身边冲过去，在地面上留下了一道深深的刹车痕。

这可不妙！我的能力对机器人没用！

但我的队友对付它们可谓得心应手。

白羊稳稳地站在原地，用强有力的双拳把一个又一个机器人砸得粉碎。风行者在身体周围打开了某种神秘的空间，就像蟑螂被蟑螂屋吸引一样，机器人成群结队地拥了进去。它们可能会永远住在那里，再也出不来了！格蕾丝二号飞到空中，把一些机器人一个接一个地带上去，又把它们从可怕的高处抛到机器人最密集的地方！

看样子，我们能够赢得胜利。但机器人不停地从那些门中冲出来——一拨接一拨，就像海浪一样。

我觉得如果自己再这么坐着不动，肯定活不了多久。于是我努力站起身，向风行者冲过去。他那个神秘空间多保护我一个应该没什么问题。但我刚跑了一步，突然发现自己的双脚没有碰到地面。

我在飘浮！两个机器人各抓住了我的一条胳膊！

我想要挣脱，但它们的力气太大了！

"救命！"我喊道。但其他英雄都在忙着对付自己眼前的机器人。

两个机器人带着我飞速移动，一开始还好，但它们突然改变了方向。我们直奔房间的一角而去，那里有一根巨大的柱子——一根巨型大理石柱！

"放我下来！"我喊道。

机器人当然不会听我的话。它们只是嗡嗡地叫着，一个劲儿地向前冲。我知道它们想要干什么。

它们想把我往那根石柱上撞！

我们的速度越来越快！

超乎想象的高速运动让我连话都说不出来，强风把我的头吹得甩向后面，就好像我在一架飞行的飞机上伸出了脑袋。那根柱子越来越近，我就要撞上去了！

我闭上了眼睛。

我的脑子里只剩下了一个想法。

停下！

突然间，伴随着一阵尖厉的摩擦声，我自己飞了出去。机器人放开了我。我头下脚上地飞了一段，落在距离石柱只有几寸远的地方。

出什么事了？

我转过身，发现那两个机器人一动不动地站在我身后。它们真的停下了。

我是那样想的……它们就那样做了？

但这不是我的能力吧？我的能力只对其他人的奇迹能力有效。我……我根本做不到这样，至少以前……以前……

天哪！

"零点超人！"格蕾丝二号在我的正上方高喊，"你还好吗？抱歉，我没能赶过来。"

"没事，"我站起身，"我很好。"

"干得好。"她落在我身边，"真奇怪，你的能力和我弟弟的完全一样。"

"真的？"不知为什么，她的话让我有一种很奇怪的感觉，但我又说不出奇怪在哪里。现在的我只是觉得很困惑。

几秒钟后，白羊和风行者也都过来了。他们身后还有海浪一样的机器人追着。

"大家都好吗？"白羊问。

"很好，"格蕾丝二号说，"我们都没问题。我想，我们应该向这些锡罐子露上一两手。"

"确实。"风行者说，"我们直到现在还只是各自为战。如果我们明天要赢得胜利，就需要发挥团队的力量。"

"我同意，"白羊说，"否则我们就不可能取胜。你们两个的能力，我都已经看清楚了。"他冲风行者和格蕾丝二号说完，又转向我，"但你到底做了什么？"

"我？"我也不知道该说什么，"你的问题很好。"我要怎么对他说？我的奇迹控制能力可以消除其他超能者的能力，但这无法解释我刚刚对那两个机器人做的事。

"他是全能者，"格蕾丝二号说，"就像我的世界中的我弟弟一样。"

全能……什么？

"全能？"白羊说，"你是什么意思？"

"意思就是无所不能。"格蕾丝二号说，"只要他想到的，就会发生。我说得对吗，零点超人？"

全能？等一下，这个全能是不是来自湮灭球？而它……就在我体内。

"零点超人？"格蕾丝二号又喊了我一遍。

我抬起头，发现他们全都在盯着我。"是的，"我说，"没错。"

"那么好吧，"白羊脸上绽放出一个灿烂的微笑，"现在我明白为什么狮子想要找到你了。我想，我们没什么可担心的了。"他将一只大手按在我的肩膀上，"我们有零点超人。"

"是的，"我也装出一副笑脸，"我想是的。"

奇迹档案

白羊

姓名: 拉姆·瓦卡	身高: 1.96 米
种群: 安尼星人	体重: 147 千克
身份 / 状态: 英雄 / 活跃	眼睛 / 头发: 褐色 / 秃头

奇迹等级三 / 超级体能	能力评分	
极限力量	战斗力 100	
极限坚不可摧	耐受力 100	领导力 62
极限强力冲锋	策略 65	意志力 95

·第十一章·

我要疯了

我们发现，秩序对我们的成绩并不是很满意。

他嘟囔着说自己挑错了英雄，然后就让我们回到自己的房间里好好休息，准备明天拼死一搏。说实话，他的话对我没有造成什么影响，因为我还没搞清楚刚才到底发生了什么。

谁都能看出来，当时我在那两个机器人的手里是真的很危险。我都觉得我要完了！但那时湮灭球控制了局势。

相信我，我非常庆幸自己能活下来。但我也对现在的情况非常担忧，尤其是在听到格蕾丝二号的话之后。

如果她认为她弟弟的能力和我刚才展示的能力一样，那么创生立方就算不上什么了，我将有一场更艰难的战斗要应对。格蕾丝二号的弟弟可是完全堕入邪恶了！

当然，那个艾略特和我不是一个人。我可以假设他本性就是邪恶的，而我是一个好人。妈妈就是这样的例子。在我的世界里，她是一位英雄，在格蕾丝二号的世界里却是一个恶棍。但的确还有另外一种可能。

一种我很不愿意去想的可能。

也许那个艾略特曾经是善良的，就像我一样，现在却变成了恶棍。不是因为他喜欢做恶棍，而是因为他控制不了——因为他被腐化了，真正的幕后主使是湮灭球二号。

这个念头让我的脊背掠过一阵寒意。

两个湮灭球？

这种事光是想一想就足够让人心惊胆战。但我想得越久，就越明白一定是这样。

否则那个艾略特怎么会成为暴君？我的能力是很强，但没有那么强！他怎么可能永久消除奇迹能力？格蕾丝二号的话回荡在我的脑海里：**只要他想到的，就会发生。**

这不正是湮灭球的效果吗？

那么，如果他真是那样子……

我回想着那两个机器人的反应，又想起了观察者的话：**湮灭球也会采取一切必要的手段确保自己生存下去。**很清楚了，湮灭球不会让我死，因为它想要拯救它自己！

然后我意识到真正发生了什么——湮灭球在利用我。它正在我的体内休息，积蓄力量。等到它做好准备，它就会采取行动。

汗水从我的额头上滚落。

我曾经控制住了湮灭球，但它这一次会不会变得更加强大？会不会反过来把我变成怪物？如果它占据了我的精神，把我变成了傀儡，我该怎么办？我会成为行尸走肉，只服从它的命令？

这只是时间问题。

我有些想吐。

突然间，我感觉累得不行。我的眼皮耷拉下来，手脚仿佛灌了铅，身体好像正沉进床里。我知道我需要睡眠，但我还有太多事情需要思考。我努力和困意作战，最后却还是一点点沉了下去。发生了什么事？会是秩序搞的鬼吗？

我需要清醒。

我……需……要……

我坐在一个房间里，头顶的聚光灯射出刺眼的强光。我用手遮住眼睛，这才注意到有一个男孩坐在我对面——他隐身在厚重的影子里。

"**你为什么要对抗它？**"男孩的声音听起来有些熟悉。

"什么？"我说，"你是谁？"

"**为什么要对抗它？**"他重复了一遍，"**你知道，你想要和他一样。**"

"和谁一样？"我问，"你在说什么？"

那个男孩笑了："**好了，难道我要一个字一个字地和你说话？和艾略特二号一样——艾略特王，他的星球上最强大的奇迹之人。**"

"我不想和他一样。"我说。

"**不想吗？**"那个男孩反问道，"**难道那不是你一直以来的梦想？没有人比你更强大。你能够制定一切规则，做你想做的任何事情。你可以让世界和平安定，只要你愿意，就能好好统治它。有谁能阻止你？**"

"你是谁？"我继续问道，但在内心深处，我已经知道这个问题的答案了。

"我们不要玩游戏了。你需要我，所以，让我帮你。我向你保证，你绝不会后悔。你以后会感谢我。"

"我不想和你有任何关系。"我说，"我想要你出去。告诉我该如何摆脱你。"

"你知道，我不能那样做。我也知道你不想听到这个事实，但你才是做决定的那一个。我们是一支团队，是一对会一直合作到最后的搭档。很快你就会明白，我们注定要在一起。"

"骗子！"我从椅子上站起来。

那个男孩却笑了："你会明白的，而且很快就会明白。"

"出去！"我喊道，"离开我的……"

"……身体！"

我猛地坐起来，发现自己仍然在床上。

但我并不是一个人。

"时间到了。"秩序正坐在凳子上。

"已……已经是早上了？"我问，"我觉得自己根本没睡觉。"

"你睡了，"他说，"还做了梦。"

我用手指梳理了一下头发："我想，我是做梦了。只是我不知道那个梦是什么意思。"

"你知道我为什么选择你吗？"秩序问。

"因为你想看到一个世界被那个绿色的黏液怪吃掉？"我问。

"不，艾略特·哈克尼斯。"秩序紧盯着我，眼睛里的星星闪烁起明亮的光芒，"因为我想要赢——不只是赢得今天，不只是赢得明天，而是要赢得永远。"

"呃，就这样？"我又问道。他是什么意思？

他站起身，将双臂抱在胸前："你能不能想象，一个宇宙到处都是繁荣的景象，没有死亡，没有毁灭，万事万物的运动都是那样和谐精准，完全可以预测，而且永远如此？"

片刻间，我没有听懂他的意思。然后，我的脑袋里仿佛亮起了一只灯泡。

"等一下。"我说，"你的意思是，你想要除掉你的兄弟？你想要除掉混沌，就像把他锁起来之类的？"

"不，"秩序低头看着我，"我想要彻底毁掉他。"

什么？毁掉混沌？你该怎样毁掉混沌？

"但……但是，"我结结巴巴地说，"难道这样不会把一切都毁掉吗？比如，让一切失去平衡？难道你不需要你的兄弟来维持宇宙的平衡吗？我们不是都需要他吗？"

秩序皱起双眉："我们需要他吗？你喜欢看到普罗塔拉安被摧毁，听到上万亿生灵死亡时的惨叫？你觉得你能够拯救你的行星？就算你这次成功了，你觉得自己的后代就一定能成功吗？你觉得他们会那么好运，永远不遇到他吗？"

秩序的话很有道理，但我就是觉得其中有什么地方不对劲。

"我……我以为我们是要阻止灾星……"我说，"我觉得这才是问题的关键。"

"以前的无数个百万年里，的确是这样。但这次不一样了，因为我找到了你。"

"我？为什么是我？"虽然这样问，但我相信，我一定不会喜欢他的答案。

"虽然我拥有强大的力量，"秩序向我解释，"但我也受到了这种力量的束缚。它给我设立了无法突破的界线，比如，我不能伤害另一个宇宙生命体。这已经被写在星星上了。"

"那又怎样？"我问，"这和我有什么关系？"

"你是湮灭球的主人。你不是宇宙生命体，却有一股宇宙级别的力量在你的体内生长。所以，你是不受限制的……"

我用了一分钟时间才大致理解了这句话。

"等等！"我打断了他，"你的意思是，你想要我利用湮灭球的力量摧毁混沌？"

秩序露出微笑，他完美的牙齿闪闪发光："等到时机合适的时候，你自然会有所行动。"

"你开玩笑吗？我才不干！"

"湮灭球的主人，你会的。你会去做，因为你没有别的选择。"

我无言了，我……完全不知道该说什么。

"现在，起来吧，为战斗做好准备。穿上你的制服，去主房间加入你的团队吧。比赛马上就要开始了。"

秩序打了个响指，又不见了。

我抓住自己的肚子。

我要把这个臭球弄出我的身体。

趁现在还来得及。

奇迹档案

风行者

姓名：沃哈利·星光	身高：1.85 米
种群：卡帕奇星人	体重：97.5 千克
身份 / 状态：英雄 / 活跃	眼睛 / 头发：绿色 / 黑色

奇迹等级三 / 能量操纵

 极限空间控制

 制造虫洞，因而能够在不同的世
界和宇宙之间穿行

能力评分

战斗力 90

耐受力 45	领导力 95
策略 91	意志力 99

· 第十二章 ·

我有种似曾相识的
可怕感觉

用"心不在焉"这个词来形容我现在的状态，恐怕还远远不够。

我们即将开始人类历史上最伟大的战斗，我却一直在想秩序的那句话：**等到时机合适的时候，你自然会有所行动。**

这到底是什么意思？

他会不会给我洗脑，让我一心只想杀死混沌？有什么办法能摧毁混沌？我暗自怀疑，不管我是否喜欢，我都会找到那个办法。

我想过要不要把我的秘密任务告诉我的队友们，但最终我还是决定保守秘密。这件事涉及的问题太大了，我不想他们因此受到干扰，连眼前的任务都无法完成。毕竟，我们首先要拯救一颗星球上的人！几十亿人都指望着我们赢得这场比赛呢！

其中还包括我的家人。

我看着格蕾丝二号，心中想的全都是我的家人。也许我再也见不到他们了。这个念头让眼泪一下子涌进了我的眼眶。我急忙把泪水抹掉。我必须勇敢——这是爸爸妈妈对我的期待。突然间，我非常想抱住小影，把头埋在它毛茸茸的脖子里。但我可能再也没有这样的机会了。

另一个宇宙里会不会有小影二号？

我们正在主房间里，等待秩序像变魔术一样凭空出现。白羊不停地蹦蹦跳跳，像在用这种方法给自己鼓劲。风行者坐在角落里，安静地冥思。格蕾丝二号和我只是站在一起，等待噩梦的开始。

"你准备好了吗？"格蕾丝二号问我。

"尽量吧。"我回答。

"知道吗？"格蕾丝二号对我说，"有一个问题我之前还没有认真想过——我们要拯救的是谁的地球？"

这真是一个好问题！我也没有想过。也许我们要为之奋战的地球不是我的，是格蕾丝二号的，或者是另外一个宇宙的。

"是的，这事我也没想过。"

我的心里突然生出一丝希望。也许我的家人最终能够平安无事！不过，凭我的运气，发生这种好事的概率有多大？我知道，就算那真的不是我的地球，我也会尽全力去战斗。在拯救生命的时候，英雄绝对不会退缩！

"不过，这不重要。"格蕾丝二号说，"不管怎样，我们都能赢，对吧？"

"是的，"我回答她，"没错。"

我很想像她一样乐观，但说实话，我对此没什么信心。

我们还简单交换了一下关于对手的情报，他们是银河系最危险的第三等级超能恶棍：霸王，能量操纵者，能够自如控制万有引力；虹吸，奇迹控制者，能够吸收其他人的奇迹能力；某个光灵，我想他肯定拥有超强变身能力，而且很可能是这四个人里最凶残的；还有妈妈二号，一个精神力量超能者。

所以，这场比赛肯定不会是一次公园散步。

而且它和公园散步的差距会非常非常大。

秩序终于出现了，我们要找的那件宝物——创生立方——被他用两只手捧着。

"选手们，"他开口道，"比赛即将开始。再一次提醒，请好好观察你们要寻找的宝物——创生立方。它将被藏在竞技场世界的某个地方。我曾经警告过你们，你们不一定能在这场比赛中活下来。不过，我希望你们能一直记得你们是在为什么而战斗。"

他打了个响指，地球的全息图出现在他身边。

我仔仔细细地观察那个地球。它看上去就是我的地球，所有大陆都是我熟悉的样子，海洋也是一样。到底是不是，我真没办法确定。

"最后一次提醒你们规则。"秩序继续说道，"如果你们先找到宝物，就能让这个世界的全部生命多延续一百万年。如果我的兄弟混沌的团队赢了，这颗行星就会被摧毁。而他的每一名参赛代表都将得到一颗新的行星，成为那些世界的统治者。除此之外，没有其他规则。现在，你们该入场了。"

他看着我的眼睛说："去赢得胜利吧。"

随着一记响指，我们被突然出现的橙色能量所包裹——就是这种能量把我们带到了这里。

我看到格蕾丝二号瞪大了眼睛。

我又向秩序望过去，他在冲我微笑。

然后，他就不见了。

…………

我们出现在一个山谷中，周围是一望无际的雪山。我们的脚全都陷进了深深的积雪里。这里的空气冰寒刺骨，凛冽的风卷过来一大片一大片的雪花，砸在我的脸上和身上。

正好遇到暴风雪，太棒了。

秩序提醒我们，这里的自然环境就是一个巨大的挑战，他说得没错。还不到一分钟，我就觉得自己冻成了冰棍。格蕾丝二号把自己紧紧地裹在斗篷里，哆嗦个不停。风行者咬紧牙关。白羊的角上开始挂上冰柱。

我觉得，如果不赶快离开，我们等不到去找那个方块就会冻死在这里。但我们该朝哪个方向走？到处都是嶙峋的山岩，险峻的山峰似乎堵住了我们所有的去路。

仿佛看出了我的心思，格蕾丝二号哆哆嗦嗦地说："让……让我……"然后她就飞上了天空。

我们看着她在狂风中向天穹一直冲上去，越飞越高，直到夹杂着雪片的旋风彻底遮住了她的身影。她飞出去了很长一段时间。风行者和白羊都跟我一样，露出了担忧的神色。

我正要说我们应该去找找她，她突然就落回到了我们中间。

"你怎么去了那么久？"我问她。

"你们肯定不会相信，"她抬手一指面前的山峰，"就在那边，有一座城市。那里有许多建筑和街道，是一座真正的大城市。而且那里还在下雨！"她又转向另一边，"那里有一片森林，全都是树木和藤蔓，还有温暖明亮的阳光。"

嗬，这个世界可真疯狂！

"好吧，我觉得创生立方不会被埋在这种地方。"白羊也在打着哆嗦，"我们在找到它之前就会死于低温症。我们还是赶快到别的地方去吧。"

"我同意。"风行者也说，"如果我们分开行动，就能用更短的时间搜索更多的地方。"

格蕾丝二号和我交换了一个眼神。尽管我们还不太认识彼此，但我们两个之间已经有了一种很舒服的家人感。她点点头。

"荣耀少女和我一起。"我说，"我们去那座城市。"

"很好。"风行者说，"我们去搜索森林。"他来到我们面前，和我们握手，"祝狩猎成功，我的朋友。"

"找到那个方块。"白羊的脸上闪着灿烂的笑容，"可别让我们先找到了。"

"那就让我们看看。"我回应道。

随后，我们就看着那两位英雄朝另一个方向跑去。

格蕾丝二号向我伸出双臂："让我来？"

"谢谢。"我转过身。

格蕾丝二号的双臂从我的胳膊下面穿过来，在我胸前扣紧十指。我们飞了起来，穿过雪山峡谷中冰寒的暴风雪。

气温的改变非常突兀。一眨眼，我们就离开了能够杀人的风雪，冲进了一片温暖轻柔的薄雾中。我从没见过这样的天气变化，而让我吃惊的还不仅仅是这些。

越过山脉，就像格蕾丝二号说的那样，远方出现了一座巨大的城市——比拱心石城大了五倍！各种样式和规模的建筑一直延伸出许多公里，消失在地平线后面。乍看上去，它很像是我们生活的那种城市，但越是接近，我就能看到越多的奇异之处。比如，这里所有的窗户都是圆形的，完全没有方形的窗户；街道也都是弧形的，一条直路都没有。

这里有成千上万的房屋、大街和小巷。就在这座巨型城市中，可能隐藏着一个比面包盒还小的银色方块。

太棒了。

我们降落在一个大十字路口的正中央。直到这时，我才意识到一个问题：这里没有小汽车，没有公交车，也没有……人。

人都到哪里去了？

"这里就像一座鬼城。"格蕾丝二号说。

"让人有点忐忑。"我表示同意，"那么，我们到底该怎样才能找到创生立方？我们不能一间间房子去找。一定有更好的办法。"

"我有一个主意。"格蕾丝二号望着天空说。

"太好了，快和我说说。"我松了一口气，至少我们之中有人知道该如何寻找那个东西。

"嗯，"格蕾丝二号说，"也许我们应该问问它？"

它？我向四周望了一圈，想知道她在看什么。

在很远的地方，有一个巨大的绿色物体挂在一幢大楼的侧面。我先是觉得它很像恐怖片里的石像鬼。当然，我知道那种雕像是屋顶的排水口。也许这里的建筑需要特别大的排水口？我正要让自己接受这个解释，但那个家伙突然展开了一对硕大的蝙蝠翅膀。

我这才看出来，那根本就不是什么雕像。

我们看着这只怪物伸展开身体，显得比刚才又高了好几层楼。它睁开一双血红的眼睛，用双拳捶打胸膛，发出恐怖的吼声。这时我终于发现，我以前见过这种怪物。那一次简直是一场噩梦。

而这一次，我的运气可能会更糟。

"快跑！"我向格蕾丝二号高喊。而怪物已经从楼上一跃而下。

格蕾丝二号飞上半空，我则冲进了附近的一幢房子里，穿过大厅，躲到一张写字台后面。我觉得自己的心脏都要从胸膛里跳出来了。

那根本不是什么石像鬼！

那是光灵！而且还不是普通的光灵，而是鲜血使徒——一种最恐怖的光灵！

鲜血使徒是光灵皇帝的精英杀手，能够将自己变成任何可以想象出的形态。我非常确信，这个家伙知道自己的一战舰同事就是被我用湮灭球炸死的。

不过，事实可能和我想象的有一点差别——湮灭球自己显然轻松躲开了那场爆炸。

突然，一只小虫子嗡嗡地飞过写字台，落到我的脚边。

上一次我看到的鲜血使徒都穿着用护盾虫做成的铠甲——护盾虫是一种蛤蜊一样的生物，表皮能够抵抗湮灭球的力量。

这只小虫子跳到我的脚上，用一双绿色的大眼睛盯着我。我的脑海中闪过两个想法：第一，这颗行星上应该没有别的生物；第二，我和绿眼睛飞虫可是打过非常非常多的交道。

我就像根木头一样纹丝不动。

然后，我使出全身的力气朝那只小虫子扑过去！

小虫子安然无恙地飞到一旁，变成了我见过的最高大的光灵——简直就是一个两米多高的丑怪模样集合体！他用放射出绿光的眼睛盯着我："还请原谅，但我实在很难相信你就是那个要为我的兄弟们偿命的人。"

看来是逃不掉了。

"不管怎样，为他们复仇是我的责任。也许我应该先自我介绍一下。我是世界毁灭者鲜血使徒的至高指挥官——新任至高指挥官。"

当然，他一看就是。

我迅速把他从头到脚审视了一遍，然后意识到我这次真的完了。正像我害怕的那样，他全身都包裹在棕色的皮甲里，而且这种皮革的纹路我认识——护盾虫。现在这可能是鲜血使徒的标准铠甲了。就算我使用湮灭球，也对他无可奈何，更何况我根本就不想用那东西。

我还有我自己的力量。

"抱歉，让你失望了。"我说，"但你今天没办法为任何人复仇。"我努力集中精神，让我的消除能量将他覆盖。

"可笑的小孩，"他向我逼过来，"准备……"他一下子停下脚步，显然意识到有什么地方出问题了。他试了又试，但就是没办法再次变身。"你干了什么？"他问道。

我将双臂抱在胸前，微笑着说："那么，告诉我，你觉得我干了什么？"

至高指挥官发出一声震耳欲聋的吼叫，向我冲过来。我急忙躲开。他一头撞上我身后的写字台，把那件家具撞得粉碎。

他没有了奇迹能力，但他仍然能把我踩碎。我要赶快离开这里，找到格蕾丝二号！我需要她的帮助！

在他站起身的时候，我逃出那幢房子，回到了大街上。格蕾丝二号从高处看到我，便飞下来与我会合。

"你去哪里了？"她说，"我到处找你！"

"我的汤里飞进了一只苍蝇。"我告诉她，"我们要赶快离开这里！"

那幢房子的正面向外爆开，冲击波把格蕾丝二号和我掀翻在地上。

等到尘土散去，至高指挥官已经站到了我们面前。

"游戏结束了，孩子，"他说道，"现在是复仇时……啊！"

至高指挥官突然跪倒在地，双手用力抱住脑袋。

"滚开，不许碰他们！"一个女性的声音响起。

我们转过身，发现一名全身黑衣的女子正站在我们身后。

是妈妈！

"是我把他们带到这个世界来的，"她说，"带走他们的人只能是我。"

奇迹档案

新任至高指挥官

姓名：未知	身高：2.1 米
种群：光灵	体重：159 千克
身份 / 状态：恶棍 / 活跃	眼睛 / 头发：绿色 / 秃头

奇迹等级三 / 变身超能力	能力评分	
极限变身能力	战斗力 100	
根据不同形态能够拥有极限飞行能力、极限力量或极限速度	耐受力 100	领导力 100
	策略 100	意志力 100

·第十三章·

把错误的东西吃进肚子里，我似乎要为此受到惩罚了

能看到妈妈真是太好了。

但只有一个问题：她想要杀死我。

妈妈二号轻松地把至高指挥官踢出了局——他们不是队友吗?!我们需要马上采取行动，因为她是精神力量超能者，而精神力量超能者最著名的特点就是……

"啊！"格蕾丝二号惨叫一声，抱着头倒在地上。

太晚了！妈妈二号动手了！

但为什么我还没事?

"艾略特，"妈妈二号说道，"你为什么要和这些英雄一伙? 你的头发怎么了? "

我的头发? 我困惑了一秒钟，然后才意识到妈妈二号还不知道镜像宇宙的事情。她以为我是艾略特二号——和她来自同一个世界的她的金发恶棍儿子！

也许我能利用这一点。

格蕾丝二号不停地扭动身体，仿佛已经陷入了痛苦的地狱。

"只是个巨大的误会而已，妈妈。"我站起身。

"我也这么觉得。那么你想要了结她吗? 还是我来? "

了结格蕾丝二号? 这可是她的亲女儿！

"我来。"我抢着说道。因为我知道，妈妈二号很乐于这样做。我必须赶快采取行动，说不准她什么时候就会察觉到我是个冒牌货。但我该如何阻止她，同时让格蕾丝二号摆脱生命危险？我的速度不可能比妈妈二号更快。她只要动一下心思就行，而我要用好几秒钟时间才能让我的能力发挥作用！那时她可能已经将格蕾丝二号变成植物人了！

"**我们的机会来了。**"一个声音在我的脑海中响起。

什么？哦，不。

"**这是我们拯救她的唯一机会。**"那声音又说道。

"你还在等什么？"妈妈二号催促道，"动手啊！"

格蕾丝二号正在地上挣扎，不停地哀嚎着。妈妈二号一定正在拧紧插进她脑子里的螺丝。

"艾略特，可不要拖我的后腿。"妈妈二号说，"你已经是地球的统治者了。等我们赢了，我就能得到属于我的行星。"

格蕾丝二号盯着我，眼神中充满了哀求。

我别无选择。

"**用我。**"湮灭球说。

"那是谁？"妈妈二号冲我把头一歪，"等等……你不是我的儿子！"

"**湮灭球，**"我在心中命令，"**让她晕过去，马上！**"

妈妈二号惨叫一声，像一根面条一样软倒在地上。

"是的，妈妈，"我对她说，"我的确不是你的儿子。"

"发……发生了什么？"格蕾丝二号有气无力地问，"你干的？"

我一屁股坐在地上，感觉筋疲力尽。

"**现在，我们是一体了。**"湮灭球说，"**我们是完整的一体了。**"

这正是我害怕的。

"艾略特，你还好吗？"格蕾丝二号走过来，伸手按住我的肩膀。

"我不太确定。"上一次湮灭球和我连接的时候，我还能用自己的意志力完全控制它。但这一次，感觉不同了——就好像我们共享了我的大脑空间，好像我不再只是一个人了。"我需要冷静一下。"

"我觉得她这一次真的要杀我。"格蕾丝二号说，"是你救了我。"

"这是我应该做的。"我告诉她，"没想到你的妈妈这么邪恶。这……太令人吃惊了。"

"和我说说刚才的情况。"她央求我，"我小时候她就是这样了。爸爸一直在竭力保护我，但我想，没有人能够永远保护好另一个人，无论他多么爱她。只是我没想到妈妈竟然会变得这么疯狂。不管怎样，现在我应该能接受这个事实了。"

"我很难过。"我说。

"这不是你的错。"格蕾丝二号对我说，"至少，知道她在你的世界里是好人，多少能让我得到一些安慰。"

"她是最好的人。"我突然感受到一阵不可遏制的情绪。家人的脸逐一从我的脑海中闪过，我从没有这样想念他们。

"嘿，"格蕾丝二号向我伸出手，"我们该行动了。"

我微笑着抹了抹眼睛。我的家人不在这里，但格蕾丝二号能陪着我也很好了。

"好吧，我们去找到那个方块。我们还有一颗星球要拯救呢。"

我们的四只手握在一起，把彼此从地上拽了起来。妈妈二号和至高指挥官都还不省人事，我不想在这里等他们醒过来。我们要去找创生立方。虽然很不愿意，但我知道自己应该怎样做。

"湮灭球，"我在心里说，**"你能找到创生立方吗？"**

"那个方块是一个宇宙生命体。"湮灭球回答，**"我能感觉到它的能量，但无法确定它的具体位置。我们需要向北走。"**

好吧，总好过一无所知。于是我对格蕾丝二号说，我能感觉到那个方块的一点能量。她便抱住我，飞上了天空。

我没有把湮灭球的事情告诉她，这让我有点内疚，但我也不愿意吓到她。毕竟，我认为是湮灭球腐蚀了她的弟弟。和她说得太多可能会让她失去对我的信任，尤其是我正在脑子里和那个球作战。

"为什么我们不结束这场愚蠢的游戏？"湮灭球问。

"闭嘴。"我告诫它。

"我们完全做得到。"它继续说，"我们不需要秩序和混沌。我们可以掌握自己的命运，只要我们齐心协力。"

"专心完成任务。"我命令道，"请不要再说话了。"

"你不想知道那个方块在哪里吗？"它问。

"我当然想知道那个愚蠢的方块在哪里！"

"那我想，我就不应该闭嘴。"

随后的一路上，湮灭球一直唠叨个不停，不断把"命运"和"统治宇宙"之类的字眼扔进我的脑子里。我努力不去理睬它，只把它的聒噪当作一种白噪声，但如果一台收音机没办法关掉，想要当它不存在实在太困难了。

我们飞了很长一段时间，格蕾丝二号显然已经累得不行了。一路上，我们看到了很多风景——岛屿、草原、沼泽，风景不断变化，每一次变化都非常突然，就好像这个世界是凭空想象出来的。

这时，我们进入了沙漠。

"创生立方就藏在这里。"湮灭球说。

白色的沙子在我们下方，一直延伸出许多公里。这里热得令人窒息，连一丝风都没有。汗珠不断从我的额头上滚落，又沿着脖子滑下去。如果不是想到我们正在为生存而战斗，这里的景色可以说是非常美丽的。

格蕾丝二号的飞行高度明显降低了，这里严酷的气候在更快地消耗她的力量。希望创生立方不会离我们太远，因为我能看出来，格蕾丝二号就快坚持不住了。

就在这时，我看到前方白色的沙海中有一座巨大的金字塔，高耸的塔尖一直插入热浪翻滚的天空。一开始，我还以为那是海市蜃楼，是从我被湮灭球搞得疲惫不堪的大脑里冒出的幻觉。但随着我们逐渐向那里靠近，我发现那座金字塔是真的。我在学校里研究过古埃及和它的金字塔，但我还从没有见过真的金字塔。那真是工程学的一项奇迹。

"那东西就在这座金字塔里面。" 湮灭球说。

"我们找到了！"我向格蕾丝二号喊道，"就在那里面！"

格蕾丝二号也欢呼了一声。

但我们高兴得太早了。在金字塔下面有三个小点，其中只有一个在动。有人在等我们，他脚边的沙子里躺着两具尸体。

是虹吸！而那两具尸体是白羊和风行者！

我想起了虹吸的能力。

"上升！"我喊道，"快飞上去！"

但已经太晚了。就在格蕾丝二号改变飞行方向的时候，一片黑色的虚空在我们前方张开，把我们一口吞了进去！

突然间，我们就飞行在一条漆黑的隧道里。我们周围的空间在迅速收紧，变得越来越狭小。一股强劲的气流迎头吹来，就好像我们从反方向钻进了真空吸尘器！就在这时，随着砰的一声巨响，我们头朝下摔了出去。

我撞了一嘴沙子，想要爬起来，却又一个趔趄，摔在一个坚实的东西上。我抬起头，看到面前是失去知觉的风行者！谢天谢地，他还在喘气。现在我才明白，一定是虹吸使用风行者的能力把我们从天空中拽了下来！白羊躺在我旁边，也在昏迷中，但明显同样有呼吸。

我又去看格蕾丝二号。她正在金字塔旁边弯着腰，不停地呕吐着。

我是现在唯一还能战斗的人。

这可太棒了。

我刚要站起身，却感觉一片阴影笼罩过来，让我的周围都变暗了。

"对你的朋友们，我要说声抱歉。"虹吸说，"他们让霸王出了局，干得不错。但很不幸，我属于另一个层级。"

我觉得他有些自大了。上一次，我的消除能量的确没能制伏他，但这一次，我可不是一个人了。我还有湮灭球。

我盯着虹吸的眼睛，但奇怪的是，他的表情里没有半点威胁的意味。有一种感觉告诉我，先不要急着动手。

"创生立方就在金字塔里面。"虹吸不动声色地说，"这里有一扇秘门，走进去就是迷宫一样的隧道。到达金字塔主厅，创生立方就在法老的石棺里。一切看上去都合情合理，不是吗？"

我困惑地盯着他："如果这些你全都知道，为什么你不去把它拿到手？那样你就能赢得比赛。你不想统治属于自己的星球吗？"

"相信我，"他说，"我考虑过这件事。但当我知道你就是我的对手时，我完全无法相信自己的运气。从那一刻起，无论这是不是一场游戏都不重要了，毁灭你已经成了我的第一目标。我决定，就算我在你之前找到了创生立方，我也会等你赢得这个游戏。那样我才能在这个疯狂的世界里好好把握住复仇的机会。"

他是认真的？这个家伙真是疯了！

"我告诉过你，"我小心地站起身，"我没有杀死你的父亲。是光灵干的。"

"是的，你的确这样说过，"虹吸说，"但至高指挥官和我说了一个不同的故事。"

至高指挥官？我都把他给忘了！虹吸和至高指挥官几天前就是混沌一方的队友了！我需要赶快想个办法。

"你相信他？"我有些惊讶虹吸能让我这么轻易地站起来，而不是一把揪掉我的脑袋。

于是我意识到事情没那么简单。

如果他真的那么想杀死我，为什么到现在还没有动手？妈妈的话回荡在我的脑子里：**不能只凭一本书的封面判断里**

面的内容。他只是看上去像奇迹捕手，并不意味着他和奇迹捕手是同一种人。我有了个主意。

"你一定知道，像至高指挥官那样的恶棍都很善于说谎。你的父亲其实也是。"

"什么？"虹吸愤怒地问。

好吧，一切小心，每句话都要想清楚再说。

"我们第一次遇到的时候，你说你的父亲一直把你和其他人隔绝开。"我继续说道，"这让我不由得去想——他真的是为了保护你，就像他说的那样？还是为了防止你发现他实际上是一个什么样的人？"

"你在说什么？"虹吸问。

"你知不知道，你的父亲不只是一个恶棍，而且还是恶棍中最恶劣的那一种——一个冷血的杀人犯！"

"骗子！"虹吸喊道，"我的父亲所做的一切都是他需要做的！他是在为我们两个的生活而奋斗！如果他要毁掉某个人，那一定是有原因的！"

"不，虹吸，"我说，"他杀害无辜的人，而且经常会这样做。也许你不知道，他杀害了自由力量最初的五名成员。他们都是好人，是英雄。你是他的儿子，但我不认为你和他一样。实际上，我觉得你完全不像他。否则，你现在为什么不杀了我？"

虹吸一动不动。我能感觉到他脑子里的齿轮在转动。

我的话起作用了！

　　"**使用我**！"湮灭球在我的意识中嚷嚷，"**现在就使用我**！"

　　"**闭嘴**！"我命令道，"**现在不行**！"

　　突然，虹吸的眼睛里闪耀起红色能量。红色能量盘旋着，就像红色的旋风。"这是什么？"他惊讶地问，"我能感觉到你体内散发出的能量。是什么？你想要骗我，你在给我设圈套！"

　　"**把自己熄灭**！"我在脑子里向湮灭球高喊，"**马上**！"

　　"我的父亲是对的。"虹吸说，"我不能信任任何人！"

　　"不，"我告诉虹吸，"他说得不对。"

　　虹吸眼睛里的红色能量却盘旋得更加迅疾。突然间，我感觉到一阵虚弱，仿佛身体里全部的能量都离开了我。

　　虹吸的身体开始膨胀，变得越来越大。他在不断吸收我体内的能量！

　　"**湮灭球**？"我在脑子里高喊。

　　没有回应。

　　"**你在吗，湮灭球？和我说话**！"

　　什么都没有。

　　我又抬头去看虹吸。他像气球一样膨胀起来……就像动画片里的人物，显得畸形又臃肿。

　　"能量，"他喃喃地说，"真是不可思议的能量……"

我需要摆脱虹吸，不让他继续吸收湮灭球的能量！但就在这时……

轰隆！

上方传来震耳欲聋的轰鸣声。

我抬起头，看到一艘流线型的银色飞船悬浮在天空中。

是幽灵船！但它是怎么来的？

轰隆隆！

一阵更加响亮的雷鸣声在我的头顶炸响，迫使我跪在地上，无力地忍受着尖厉的耳鸣。

我再次抬起头，发现幽灵船被一支舰队包围了。是光灵战舰。

光灵皇帝找到了我。

奇迹档案

洞察女士二号

姓名：凯特·哈克尼斯	身高：1.68 米
种群：人类	体重：59 千克
身份 / 状态：英雄 / 活跃	眼睛 / 头发：褐色 / 金色

奇迹等级三 / 精神力量	能力评分	
极限心灵感应	战斗力 80	
极限心灵遥控	耐受力 43	领导力 88
极限群体意识连接	策略 85	意志力 95

·第十四章·

我明白了为什么反向相吸

对于你那些没有超能力的邻居好友而言，这只是又一个普通的工作日。

我却在一片沙漠中为了生存而战。格蕾丝二号经历过黑暗隧道的那场迷幻翻滚之后，到现在还没有完全恢复过来。白羊和风行者昏迷得更厉害。虹吸将湮灭球的能量吸进了他的体内。黄道十二宫即将被光灵舰队抓住。

哦，我几乎忘记了创生立方——我们来到这颗疯狂星球的目标。它正待在一位古代法老的坟墓里，等着有人来拿走它。

我真应该考虑换一份工作，一份不必让我每一分每一秒都承受生命危险的工作，比如牙医。

但这种思考只能等等再说，因为现在，我必须打起精神采取行动。

这时，虹吸的注意力被天空中的飞船吸引。于是我决定先去拿创生立方。但我只要迈出一步，他就可能会把我打成肉酱。我需要一个计划，但我脑子里什么想法都没有。

就在这时，幽灵船猛地落到地上，在沙子上滑行了几百米才停下来。随后舱门嘭的一声打开，从飞船里跳出一群我熟悉的朋友：双子、金牛、双鱼、天蝎，还有人马！当然，还有我的老伙计——一只叫狮子的黑猩猩。

他们一看到我，就要跑过来！

"停！"我向他们喊道，"后退！"

黄道十二宫愣在原地。谢天谢地，要是他们再靠近一点，他们的能力肯定也都会被虹吸吸走。

一转眼，数十艘光灵战舰降落在我们周围，纷纷放下舷梯。还没等我们做好迎战准备，就有几百个鲜血使徒蜂拥而出，包围了我们！

就像上次一样，这些相扑手一样高大的鲜血使徒都用皮甲包裹全身，手中拿着长矛一样的致命武器。就在这时，一队特别高大的鲜血使徒出现在他们的阵形中央，其他光灵纷纷让开道路。走在这队鲜血使徒中间的是一个身披金斗篷、头戴王冠的家伙。

他们的皇帝！

他低下头，用闪烁着莹莹绿光的眼睛看着我，一张狞笑着的大嘴横在他的两只尖耳朵中间，看上去就好像他的脑袋裂成了上下两半。

"你好啊，湮灭球的主人，我们又见面了。看样子，你已经忘记了你还是我的罪犯。"

必须承认，这次见到光灵皇帝，我觉得他更加气势汹汹，让人害怕。他的个子非常高，肩膀更是宽得惊人。他脸上散发出的那种阴险之气，让你觉得他随时都会在你背上捅一刀——可能他就是这样的人。

"抱歉，"我说，"我被其他事情耽搁了。"

我意识到，站在我面前的是这个宇宙中最可怕的人。

他制造过无数大规模的死亡和毁灭，凯明和她的父亲就是他下令杀害的，禁地监狱中那些恶棍的死亡也是他一手促成的——其中就包括虹吸的父亲。

我转过身，想要看一眼虹吸。但他不见了！

他去哪里了？

我下意识地向金字塔望去，发现虹吸正从一道类似风行者制造的那种空间的裂隙中走出，直接到达了金字塔前面！他伸手仔细抚摩金字塔的石灰石外壁，随后就推开了一扇秘门。他要去拿创生立方了！

我必须阻止他。但首先，我需要解决眼前的难题。

光灵皇帝盯住我的眼睛，向他的爪牙发出命令："抓住这个男孩，其余的全干掉。"

光灵们冲了上来。

他们将我的胳膊拽到背后，又一下子把我提了起来！我还没搞清楚状况，就被丢到了光灵皇帝面前。

"游戏结束了，湮灭球的主人。"光灵皇帝说道，"现在你要为自己的逃跑付出代价。这个代价就是看着你的朋友们死去。"

黄道十二宫开始战斗，但鲜血使徒们早就变成了一群恐怖的怪物。天蝎和人马抵挡着一些有许多脑袋和触手的猛兽。双子和金牛驱散了一支蝎子大军。双鱼被一群长了翅膀的青蛙追得四处乱飞。我不知道狮子去哪里了，但我知道，他们坚持不了多久。

我还要追上虹吸！

天蝎被一堆肌肉发达的啮齿动物压在了下面。

我需要立刻采取行动，否则一切就都来不及了！也许我没有了湮灭球的力量，但我还有我自己的力量。我回想起自己和毁灭小队战斗时的情景——就是因为那次战斗，我才被自由力量开除了。

如果我能消除鲜血使徒的超能力，黄道十二宫作战一定会轻松许多。但我会不会把黄道十二宫的能力也都消除？那样他们就死定了！但如果我不试一试，他们同样是死路一条！

不知为什么，格蕾丝二号说的话回响在我的脑海里：**没有人能够永远保护好另一个人，无论他多么爱她。**

有可能，只是有可能……

我紧紧闭上眼睛，以前所未有的专注力集中起精神，将自己的消除能量尽可能向远处推出去。但这一次，我在脑海中描绘出所有英雄的样子：天蝎、人马、双子、双鱼、金牛、格蕾丝二号、风行者、白羊，甚至还有狮子——我用一面精神护盾挡住他们，将他们和我的消除能量隔绝开。然后我就只能祈祷：老天开眼，请一定让我的办法成功，求求老天爷……

"发生什么事了？"光灵皇帝吼道。

我睁开眼睛看了一眼，急忙又看了一眼。那些恐怖的怪物全都不见了！那里只有愣在原地不知所措的几百个鲜血使徒。

这是……我干的？

"黄道十二宫，"天蝎喊道，"攻击！"

天蝎的尾巴随即闪耀起明亮的橙色光芒，将一束激光射进了鲜血使徒军队的中心。

太棒了！黄道十二宫还有超能力！我成功了！

光灵皇帝怒不可遏地转向我："把他带上战舰！"

但没等那些光灵有所反应，我就感觉到两只手钩住我的腋窝，把我提到了天空中。

"格蕾丝！"我喊道。

"我觉得，我大概欠你一个人情。"格蕾丝二号冲我眨眨眼。

"赶快，"我催促她，"把我放到金字塔旁边。虹吸已经进去了，我必须去阻止他。"

"格蕾丝快递，使命必达。"格蕾丝二号转眼间就把我送到了地方，"去抓他吧！"

我没时间再和她说话了，现在最重要的就是拿到创生立方！我伸手去推虹吸碰过的那堵石灰石墙壁，秘门就在这里。终于，我听到咔嗒一声响，一扇门向内打开。我立刻跳了进去。

门里很黑，尽管我的眼睛逐渐适应了环境，也只能看到面前一米远的地方。但现在我没时间出去找手电筒，只能伸开手臂，摸着墙向前走。我不知道这么瞎着眼向前走会撞上什么，但现在我能做的也只有这样了。

道路突然中断，我撞上了一堵石墙。该是做决定的时候了。应该向左转还是向右转？我跟随自己的直觉转向右边。就这样，我转了一个又一个弯，不断撞上死胡同，然后选择另一个方向，继续向前走。

我就这样走了很久，感觉就像是一只钻进迷宫的老鼠，完全不知道迷宫里的奶酪藏在什么地方。听虹吸的意思，他应该到达过这座金字塔的主厅。那么可以推测，创生立方现在很可能已经落在他的手里了。

如果是这样，为什么这场游戏还没有结束？

我的脸又撞到了墙上。这次，我选择向左转。快步走了三四米之后，我面前的空间豁然开朗。周围光滑的花岗岩石壁一直向上延伸，以对称的结构在我头顶上方汇合到一起，只在正中心留了一个小孔，让阳光从那里透射进来。墓室中央摆放着一口敞开的花岗岩石棺。

我找到了！但虹吸又在哪里……

"我做不到。"一个声音从我的左边传来。

我转过身，发现虹吸就坐在角落里，满脸哀伤。

"我的脑子里一直有一个声音，要我去把它拿起来。"

他说，"只要拿到创生立方，我就会成为一个世界的统治者。但我想到了你说的话。你是对的。在内心深处，我很清楚我的父亲是什么样的人。而我和他不一样。我不是杀人犯。我不可能只为了得到自己想要的，就伤害几十亿无辜的人。"

我无法相信自己的耳朵。他真的听了我的话！

"我也为你感到难过。"我告诉他，"听着，我知道这很难，但我很高兴你做出了自己的决定。你做了正确的事。你知道，这个决定让你成了英雄。"

虹吸用怪异的眼神看着我，笑了几声："我？英雄？谁会这样认为？不管怎样，创生立方就在那边。你去拿起它吧。我们该回家了。"

我微笑着向石棺走去。躺在石棺里的不是一具破破烂烂的木乃伊，而是一个银色的方块——创生立方！

一切终于要结束了。

"如果我是你，就不会去碰它。"一个高亢的声音响起。

我转过身，发现一个身材高挑的男人正从高处飘下来。他的皮肤是紫色的，一头雪白的乱发好像熊熊燃烧的火焰。他穿着皮夹克和褪色的蓝牛仔裤，裤腿上全都是破洞。他拽下眼睛上的太阳镜，用轻蔑的眼神看着我。不需要介绍，我立刻就想到了他是谁——混沌！

"你们作弊了，所以我赢了。"他伸手到石棺里，拿起创生立方。

"嘿!"我喊道,"你不能这样做!"

作弊?他在说什么?这到底是怎么回事?

秩序突然出现在石棺的另一边:"你输得明明白白,兄弟,就像以前一样,你只是很难接受事实而已。"

"别演戏了。"混沌反驳道,"是你让那艘装满奇迹小孩的飞船钻进来的。也就是说,你违反了规则,让没有被选中的人参赛。这也被称为作弊。"

看着他们争吵,就像看着两个神在争执谁下赢了这局棋,而我们就是棋子!

"那不是我做的。"秩序说,"那些人是偶然进入竞技场世界的,和我没有任何关系。"

"说得好听。"混沌翻了翻眼珠,"和你没有任何关系?你已经被剥夺参赛资格了。现在那个世界应该由我来摧毁。我要履行我的职责了!"

"够了,混沌!"秩序用雷鸣般的声音说道,"需要被摧毁的只有你!"

他伸手指向他的兄弟。突然,混沌手中的创生立方开始发光。

"你要干什么?"混沌喊道。

"你不再是那么难以预测的了,兄弟。"秩序说道,"既然你拿到了创生立方,现在你就被锁定在了这个地方。难道你忘记了?"

混沌的表情显得有些惊讶。他低头看向创生立方："立刻放开我！"

"不，兄弟。"秩序说，"你和我是全部宇宙生命中最高等级的存在。就像写在群星上的规则那样，我们不能彼此伤害。但这并不意味着我们不可能受到伤害。"

"你疯了吗，兄弟！"混沌喝道。

"也许吧。"秩序悠然地做出回应，"如果我真的疯了，那也是你造成的。就像湮灭球，创生立方也是一个宇宙生命体，一个寄生虫，以宿主的欲望为食。但它们是截然相反的。湮灭球带来黑暗，创生立方则带来光明。当它落入你邪恶的双手中，就会彻底逆转你的力量——这个过程在我们说话的时候已经完成了。告诉我，兄弟，你有没有感觉到你的力量在一点点溜走？有没有感觉到你正随着时间一分一秒地流逝而变得衰弱？"

等等，秩序说过创生立方是活的，但他从没有提起过创生立方是湮灭球的对立面——是一种善良的力量！

混沌的身体突然开始收缩："停……停下！求……求你了！"

"就像你和我，"秩序说，"创生立方和湮灭球是一枚硬币的两面。不同的是，我们共存的目的是实现平衡，它们同时存在的目的却是制造纷争。当它们产生联系的时候，那结果可能相当具有……爆炸性。"

天哪！这才是秩序真正的意思：**等到时机合适的时候，你自然会有所行动。**他要用湮灭球把混沌炸上天！

"现在，你已经相当虚弱了，兄弟。"秩序继续说道，"该是将混沌这副重担从我们肩头卸下来的时候了！来吧，湮灭球的主人！"秩序看着我说道，一丝邪恶的笑意从他的嘴角扩散开来，"来拿你的奖品吧！"

秩序打了个响指。我站在原地纹丝不动，虹吸却飘了起来。

"嘿！"虹吸喊道。

"这是怎么回事？"秩序困惑地问。

到底出什么事了？

我明白了！虹吸吸收了我的力量——他吸走的不仅有湮灭球的能量，还有湮灭球本身！怪不得湮灭球不再和我说话了！

虹吸向混沌飞去，混沌则使用自己残存的全部力量想要将他推开，阻止他碰到自己。

虹吸悬停在拥有最高等级力量的两兄弟之间。

"零点超人，快跑！"虹吸喊道。

"不！"我也冲他高喊，"我会救你的！"

"记住你说的话，"虹吸叮嘱我，"记住我是英雄。"

"别做这种事，蠢货。"混沌喊道，"你需要我！"

"我需要你？"秩序咯咯地笑着，"我是秩序，秩序不需要任何人！"

"想知道我是怎么想的吗？"虹吸插嘴道，"我觉得你们真是很配！"

虹吸猛地伸出手，抓住了秩序的胳膊。

"你要干什么？"秩序喝问道。

他们两个的身上全都爆发出耀眼的光芒。

"既然那个球在我这里，"虹吸说，"我猜你一定也被锁定了吧！"

"放开我！"秩序喊道。

虹吸伸出自己的另一只手去抓混沌。

秩序瞪大了眼睛："住手！你要……"

"不！"混沌惨叫道。

在攥住混沌手腕的前一瞬，虹吸朝我扬了一下眉毛。

我被一道漆黑的裂隙吞没了。

…………

我像一块石子一样被丢在沙漠里。

那场爆炸仿佛是发生在另一个世界中的事情。

一片纯白色的能量遮蔽了整个天空。

随后，一切都变暗了。

等到我的眼睛重新适应了环境，巍峨的金字塔早已不翼而飞。秩序、混沌和虹吸都没有了——一切都只发生在一瞬间。

虹吸用风行者的空间转移能力将我丢出了金字塔。他牺牲自己……救了我？

我屁股下的地面突然开始剧烈地晃动。

地面轰隆一声裂开了，灼热的岩浆喷射向天空。

竞技场世界要崩溃了！

我看到了光灵皇帝，他正在侍从的搀扶下从地上爬起来。他恶狠狠地盯着我，然后喊道："撤退！"

我看着他率领光灵回到他们的战舰上，不由得点头向他表示感谢。

"快回幽灵船！"双子向大家呼喊，"赶快！"

金牛把白羊扛到肩头，天蝎把风行者放到人马背上。格蕾丝二号飞下来抓住我，此时刚好有一道裂缝出现在我的脚下。

"谢谢。"我说。

"不客气。"格蕾丝二号高声说道，"这是英雄应该做的。"

我们全都逃进了幽灵船。

飞船刚离开地面，整片沙漠就崩塌了，仿佛变成了一片激荡翻腾的海洋。我知道，我们要尽快远离这里，但我们还有一件事要做。

我跑到驾驶座旁，找到天蝎。

"我们需要去一个地方。"我说道。

只过了一分钟，我们就到了。

这里的地面也在发疯般地震动，高大的建筑物在我们周围碎裂、倾倒，但我们暂时还不能离开。

舱门刚一打开，格蕾丝二号就飞了出去。片刻后，她抱着依然昏迷不醒的妈妈二号回来了。

我们冲上太空，竞技场世界也变成了一团燃烧的碎石。

奇迹档案

光灵皇帝

姓名：未知	身高：1.98 米
种群：光灵	体重：125 千克
身份 / 状态：恶棍 / 活跃	眼睛 / 头发：绿色 / 秃头

奇迹等级三 / 变身超能力	能力评分	
被认为有极限变身能力	战斗力 100	
被认为能够在不同的身体形态下拥有极限飞行能力、极限力量或极限速度	耐受力 100	领导力 100
	策略 100	意志力 100

·第十五章·

我必须信任
一只黑猩猩

我们全都一言不发，在沉默中想着心事。

除了双鱼和天蝎在驾驶飞船以外，没有人说话。我知道，我还没办法坦然接受刚刚发生的一切，而且我现在脑子里的问题远比答案更多。

为什么虹吸会为我而牺牲自己？相信我，我对他感激不尽，但我还是觉得我要为他的死负一部分责任。是我告诉了他，他父亲实际上是怎样的人。不过我想，他内心深处早就知道了。他没有家人，没有可以回去的家。我觉得他是想要弥补父亲所犯的错误，让他的家族历史有机会得到重写。他做出了最伟大的牺牲，正因如此，他在我的书中一直都是一位英雄。

那么，没有了秩序和混沌，又会怎样？秩序曾经告诉过我，他和他的兄弟是编织成这个宇宙的经纬线。如果经纬线都断裂了，这个宇宙会怎样？如果秩序负责建立结构，混沌负责制造随机性，现在他们都没了，这个宇宙又会发生什么？我说的可是这一整个宇宙。

随后，我的脑子里冒出一个更可怕的问题。

灾星又会由谁来控制？

没有了秩序和混沌，比赛也就不复存在了。没有了比赛，那个以行星为食的怪物也就没有了任何约束。这是不是意味着我们冒死拯救的地球有可能仍会受到威胁？

突然间，我感觉到全身一阵恶寒。

我想到了湮灭球，便竭尽全力寻找它。但它没有给我任何回应。它真的和虹吸一起死了？还是仍然躲在我的体内，正在暗中积蓄力量？我感觉不到它的存在，但我没有把握认为它真的已经死了。

我把感到一阵阵刺痛的头靠在船壁上。

格蕾丝二号从医疗舱走过来："再次感谢你，艾略特。救我的妈妈是英雄的行为。"

"不客气。"我对她说，"如果换作我遇到危险，你也会这么做。她现在怎么样了？"

"她还在昏迷中。"格蕾丝二号说，"不过狮子说，她的情况已经稳定下来了。狮子觉得她能够完全康复。风行者和白羊已经好了。"

"我知道，白羊知道自己回到幽灵船后发出的欢呼声无论是谁都听得到。你觉得你自己还好吗？你打算怎么和你的妈妈相处？我觉得这会是一个很大的问题。"

格蕾丝二号看着自己的脚尖："我不知道。不管怎样，她都是我的妈妈。我希望她明白自己错得有多厉害，希望我能带她回家。我知道我不会忘记她做的那些事，但也许有一天，我能够原谅她。你呢？"

"我不知道自己应该有什么样的心情。"我老实地回答，"刚刚发生的那一切太疯狂了。我真的很想回家。"

她伸出手，拍了拍我的肩膀，一阵尖锐的疼痛立刻钻进我的左臂。"哎哟！"我惨叫了一声。

"你受伤了。抱歉，我不知道。"

"说实话，我也不知道。"我的胳膊依然疼得厉害，"一定是那颗星球爆炸的时候，我只顾着逃跑了，其他什么都没注意到。"

"狮子还在医疗舱，"格蕾丝二号说，"也许应该让它给你看看。"

"是的，听起来是个好主意。"我挣扎着从座椅上站起身来，心中希望自己没有骨折。

走进医疗舱，我看到妈妈二号正躺在医疗床上，身上连着一堆监测生命体征的仪器。我的黑猩猩朋友正在看着电脑。它的一只手抓住鼠标，拉下一屏幕又一屏幕的信息；另一条胳膊下夹着一个活页板。

"嘿，狮子，"我说道，"你能帮我看看吗？我的左臂好像有点问题。"

黑猩猩转过身，犹豫了一下，仿佛我的出现让它感到很惊讶。然后它笑着拍拍空的检查床："当然，很高兴为你效力。"

我上了检查床，小心地不让左胳膊碰到任何东西。狮子叮叮当当地弄过来一些设备。这时，我忽然想起一件想要问它的事。

"嘿，我知道我们给彼此的第一印象都不好，但有一件事一直困扰着我，让我到现在都没想明白。"

"说得对。你想问什么？"它继续在我身后叮叮当当地鼓捣着。

"天蝎告诉过我，黄道十二宫会来找我，是因为你。但我想不明白你怎么会知道我，怎么会知道湮灭球。"

"啊，"狮子说，"我明白你的意思。我的确该解释一下。不过，首先我还有件事要做。"

噗！

哎呀！一阵刺痛扎进了我的左肩！我转过头，发现狮子就站在我身边，手里拿着一把小枪。

这是……

它给我打了一针麻醉剂！

"你很快就会变得昏昏沉沉。"狮子绕过检查床，向门口走去，"但我相信，你已经熟悉这种感觉了。"它转动门闩，把门锁住了！

这到底是怎么回事？我眼前的一切开始变得模糊。我被一个精神错乱的灵长目生物困住了，它想要杀死我！

狮子一下子站到我面前："也许这能让你明白一些事情。"就在我眼前，狮子从一只黑猩猩变身成一个男孩——一个有浅黄色皮肤和一双大大的尖耳朵的外星男孩。然后他伸出手，捏了捏自己的瞳仁，摘下一副褐色的假瞳，露出一双绿莹莹的眼睛。

他是……他是……

"从你惊愕的表情，我可以推测，你一定认出了我是光灵。我的名字是科凡·日光，凯明·日光的弟弟。我相信，你在杀死她之前一定已经和她很熟了。"

什么？凯明有一个弟弟？她从没有提起过。现在我要用全部力量保持清醒。我想要呼叫救援，但我连坐起来都感到困难。他一定给我用了两倍的麻醉剂。

"也许她从来没有和你提起过我。对此我并不感到惊讶，我们一直都合不来。要知道，我是日光家族的最后一个成员，也是这个家族唯一忠于皇帝陛下的人。至于我是怎么找到你的……"

他向一支注射器中灌入了某种血清。

"也许你知道，有血缘关系的光灵之间存在一种精神连接。只要愿意，我们就能进行心灵沟通。在我的姐姐接触到湮灭球后，我也就和你有了联系。我一发现这个神奇的变化，就立刻报告给皇帝。也许你能够想象，在我的父亲和姐姐成为叛徒之后，我的确需要花费一点力气才能让皇帝相信我。不管怎样，我通过了他的一切审问，他终于信了。"

我的左胳膊突然又有了一种灼烧感！他在往我的胳膊上涂什么东西！

"于是，皇帝派我单独前往地球去找你。既然你能够摧毁一整支鲜血使徒部队，皇帝很不愿意再冒险消耗更多资源，除非我能够先找到你。我承认，寻找你所耗费的时间比我预料中更久。你的小人造卫星藏得很深，而我只是在你们的星球表面搜索，就这样白白浪费了许多个星期。"

狮子一把抓住我的左手臂——真疼！

"很不幸，当时我的飞船连燃料都耗光了。我需要想办法回到太空去抓你。幸好有一个秘密空间发射计划，要送一只黑猩猩进入地球轨道。就在发射前的那天晚上，我潜入发射基地，取代了那个动物航天员。火箭升空后，我重新规划了飞行路线。但你们的火箭太过原始，很快就耗尽了燃料。幸好黄道十二宫收到了我的求救信号。那群失败的家伙，我很快就让他们相信，想要战胜强大的灾星，为他们的世界复仇，就必须找到湮灭球。利用幽灵船的特殊能力，我终于追踪到了你，神不知鬼不觉地登上了你的卫星。剩下的，你应该都知道了。"

一切都明白了。正因如此，他并不想把我交给霸王！

"是你……在我们离开观察者的世界后召来了光灵皇帝。"我喃喃地说。

"是的，是我。我以为，事情到那里就算结束了。我把你送到皇帝的手里，恢复我的家族名誉。当然，我也能得到一个非常靠近皇帝的位置。但现在，湮灭球没了。所以我需要一个新的方案。我不想让你揭露我的身份，因为我很喜欢操纵这些孩子，为此我还准备了一些小计策。我想，你应该在一场严重的心脏病中不治身亡。"

我的手臂一阵刺痛。他在给我注射！他要杀了我！

"把针放下！"一个熟悉的声音响起。

我努力睁开眼睛，发现五根戴着黑手套的纤细的手指抓住了狮子的手腕。然后，妈妈狠狠地朝这个恶棍的下巴打了一拳。

但妈妈怎么会在这里？

我昏了过去。

…………

"艾略特？"

我醒过来的时候，发现自己周围全是充满关切的面孔——黄道十二宫、格蕾丝二号以及风行者。双子紧紧握住了我的手。

"他没事了。"双子说，"感谢群星。"

我还是觉得有些头晕。我试着坐起来，却被什么东西挡住了。这时我才发现，我的左胳膊打了石膏！

"狮子！"我说，"狮子是……"

"他不再是问题了。"格蕾丝二号说，"这都要感谢我的妈妈。"

她的妈妈？

我一下子记起了所有的事。当时我还以为医疗舱里只有狮子和我，但妈妈二号也在那里！她一直躺在医疗床上。

是她救了我的命。

格蕾丝二号让到一旁。她的妈妈就站在她身后，微笑地看着我："我很高兴你平安无事，艾略特。我那样对你，你却还是回来救我——你们都来救我了。你让我想起了作为英雄的意义。因为这件事，我将永远对你感激不尽。"

我看到她向格蕾丝二号伸出了手。

格蕾丝二号犹豫了一下，握住了妈妈的手。

"狮子呢？"我问大家。

"我们给他打了麻醉剂，把他锁在储物间里了。"天蝎说，"我们会经过圣骑士星——那是一颗星际监狱行星，我们可以把他留在那里。我们完全不知道原来他是个光灵。对此，我非常抱歉。"

"这不是你的错。"我告诉他，"我想，一场冒险就应该充满意外。"

"确实。"双子一边说，一边在我的面颊上吻了一下。

我把通红的脸转了过去。

"还会有不少惊喜。"格蕾丝二号说。

我们全都笑了。

奇迹档案

混沌

姓名：混沌	身高：所显示形象为 2.1 米
种群：不适用此概念	体重：未知
身份：宇宙生命体	眼睛 / 头发：未知 / 白色

奇迹等级：不适用此概念	能力评分	
与其兄弟"秩序"共同实现宇宙的平衡	战斗力 +++	
唯一任务是制造宇宙的压力、混乱和随机性	耐受力 +++	领导力 +++
	策略 +++	意志力 +++

·尾声·

道路的尽头······

回家是一个喜忧参半的过程。

最近的这么多天里，我唯一的愿望就是回家，但这个日子终于到来的时候，我却很难和朋友们说再见。

格蕾丝二号和妈妈二号是最早离开的。格蕾丝二号和我拥抱了很久，我们两个的眼睛里都是泪水。我们一开始就像是冤家对头，却一起走了那么远，经历了那么多，现在想想还真是让人吃惊。我一定会想念她的。

然后，妈妈二号也给了我一个大大的拥抱。我很感谢她救了我；她也感谢我拯救了她——她说我救了她两次。我衷心希望她能实现自己的诺言，再次成为英雄。她对自己的世界造成过许多伤害，所以今后她要做很多事去弥补自己的过错，尤其是对她的女儿。

她们两个分别握住风行者的手。我挥手向他们告别，他们三个已经消失在风行者神秘的空间旋涡里。

和我的镜像家人相见让我意识到，拥有爱我的爸爸妈妈是我多么大的幸运。至于我自己的格蕾丝，我觉得她也不坏。我们彼此相爱，尽管我们表达爱意的方式有些奇怪。

风行者很快就回来了。我知道，我是下一个他要送走的人。黄道十二宫围着我，纷纷向我告别。

"零点超人，"天蝎说，"如果不是你，我们肯定无法赢得胜利。如果你不成为我们的正式成员，我们都无法想象该怎样继续下去。"

"什么？"我问他，"真的？"

"从今天开始，你就是我们的蛇夫——第十三个星座，团结和治疗所有世界的人。"

双鱼走上前，递给我一样东西——是一枚徽章，上面有一条巨蛇的图案！

"这是黄道十二宫的通信器。"她拥抱了我，"只要你有需要，就按下这个按钮，我们立刻就会赶来。"

我看向黄道十二宫其余的人。金牛也给了我一个大大的拥抱，人马向我扬起前蹄，白羊握住了我的手。

"知道吗？"白羊对我说，"其实我不相信你能在我之前找到创生立方。但你证明了我是错的。"

"谁说得清呢？"我回应道，"有时候包裹虽小，里面的东西却可能更厉害！"

他笑着拍了拍我的肩膀。

然后，我和双子四目相对。

她看上去真的很伤心。不知道为什么，每次待在她身边，我心里都有一种奇怪的感觉。

"希望你有时间的时候能去我的世界玩。"我对她说，"我知道那不是你的家，但你也许会喜欢那里。"

"我很想去地球看看，"她说，"但我还有任务要完成。我会跟你保持联系，我向你保证。"

她在我的脸上轻轻吻了一下，又悄声对我说："希望我们很快就能再见，艾略特。"

我走到风行者身边的时候，还觉得面颊有些发烫。他握住我的手，制造出那种神秘的空间裂隙。

我的目光最后一次扫过黄道十二宫伤心的面孔，对他们说："再见……伙伴们。"

然后，他们就不见了。

风行者领着我穿过他那令人发疯的黑暗隧道。几秒钟后，我们就冲进了另一个明亮的地方。

是我的卧室——我回到原点了！

风行者用双手按住我的肩膀，对我说："很高兴我们是朋友而不是敌人。祝你一切平安，零点超人。如果你需要我，就召唤我过来。"随后他走进另一道空间裂隙，消失不见了。

我终于回了家，而这种感觉又很奇怪。上一次在原点，狮子给我打了一针麻醉剂，带我开始了一场疯狂的冒险。现在这里还有没有其他人？

我进入走廊，一切似乎都恢复了正常——没有警报声，也没有将走廊隔断的防护门。我一边向楼梯走过去，一边回忆上一次在这里发生的每一件事。湮灭球已经不在了，秩序和混沌也没有了，谁知道未来会有些什么？

我走进餐厅，发现妈妈、格蕾丝和小影都在。小影第一个看见我，立刻以最快的速度向我冲过来，把我撞得一屁股坐到地上。我用没有受伤的那条胳膊抱住它毛茸茸的脖子，把它拽进怀里。

"艾略特？"妈妈跑过来问，"你去哪里了？我们都担心死了。"

但小影不停地舔着我的脸，让我根本没办法回答。

"整个团队都在找你。"妈妈继续说道，"你的胳膊怎么了？为什么打着石膏？"妈妈把我拉起来，能再次被她抱在怀里可真好。

她一把我放开，我就又被抱住了——这次是格蕾丝。她的眼里全是泪："真高兴你回来了，小坏蛋。小心，别把我的斗篷弄皱了。"

"艾略特，你出什么事了？"妈妈继续问我。

而我只能看着她们，任由泪水不停地流到脸上。平时在她们面前流眼泪会让我尴尬得不行，但现在，我完全不在乎。这是我的妈妈，她的头发是褐色的，还有我的姐姐，头发是金色的。

我回家了。

格蕾丝把她斗篷的一角递给我。"好啦，"她叹了口气，"把脸擦擦。"

我用她的斗篷揾了揾眼睛："天哪，我有一个很长的故事要和你们讲。你们绝对不会相信我都遇到了什么。"

"我已经等不及了。"格蕾丝说，"不过，你要先给我一个保证。"

"保证什么？"我问。

"这一次，不要漏掉任何至关重要的细节。"她说着，向我眨了眨眼。

妈妈很快就将自由力量的其他成员叫回了原点。能再次看到大家，真是太好了——尤其是爸爸，他抱住我就再也不放手了。

然后，我一边吃着果冻甜甜圈，一边把这段经历完完整整地告诉了大家。

当然，我还是略过了我和双子的一些事。

总有一些东西，应该只属于我自己吧。

奇迹档案 /// 黄道十二宫

♏ 天蝎

奇迹能力：能量操纵
奇迹等级：

♊ 双子

奇迹能力：变身
奇迹等级：

♓ 双鱼

奇迹能力：能量操纵
奇迹等级：

⛎ 蛇夫

奇迹能力：奇迹控制
奇迹等级：

♈ 白羊

奇迹能力：超级体能
奇迹等级：

♉ 金牛

奇迹能力：超级体能
奇迹等级：

♐ 人马

奇迹能力：超级速度
奇迹等级：

奇迹能力术语

来自奇迹超脑：

已知的奇迹能力被分为九个类别。建立这种分类系统是为了简化对奇迹能力的识别，提供一个便捷的框架来帮助人们理解奇迹能力的强度和效果。

注：奇迹者可能拥有不止一个类别的能力。另外，一些奇迹者也会发生进化。他们的能力特征和效能都会随着时间发生变化。

***

奇迹能力由于范围很广，又被进一步划分为不同的等级，以表述各种能力的不同强度。以下是常用的等级：

- 等级零：无奇迹能力。
- 等级一：有限奇迹能力。
- 等级二：强大奇迹能力。
- 等级三：极限奇迹能力。

以下是九类奇迹能力的简单概括。

◈ 能量操纵

能量操纵是产生、塑造或者引导各种形式能量的能力。能量操纵者能够将能量聚焦或者重新定向于特定的目标之上；能够塑造或重新塑造能量，以实现特定的效果。能量操纵者一般不会受到他们所操纵的能量形态的影响。

能量操纵者一般会使用的能量包括但不限于：

- 原子
- 化学
- 宇宙
- 电
- 重力
- 热
- 光
- 磁
- 声音
- 空间
- 时间

注：一些变身者也能够操纵能量。能量操纵者和他们的唯一区别是，能量操纵者在产生或者转化能量的时候不会改变自己的身体结构或者分子状态。（请见：变身）

◈ 飞行

飞行指不需要外部力量（比如喷气背包）就可以飞行、滑翔或悬浮的能力。飞行能力可以通过多种方法实现，这些方法包括但不限于：

- 反转重力
- 驾驭气流
- 利用地磁场
- 翅膀

从只在地面以上几尺高到进入太空，奇迹者飞行的范围非常辽阔。

拥有飞行能力的奇迹者往往也会展示出超级速度。不过，我们通常很难判断超级速度是一种单独的奇迹能力，还是飞行能力和地球天然重力共同作用的复合效果。

◈ 魔法

魔法是一种涵盖范畴非常广泛的奇迹能力。它一般指利用某种外在魔法或神秘力量的来源引导能量。已知的外在魔法来源包括但不限于：

- · 外星生命体
- · 黑魔力
- · 恶魔力量
- · 亡者灵魂
- · 神秘灵力

标准的魔法能量都需要一个附魔物品进行引导。已知的附魔物品包括：

- · 护身符
- · 书籍
- · 斗篷
- · 宝石
- · 法杖
- · 武器

一些魔法师能将自己传送到他们的魔法源头所在的神秘领域。他们也许还能将其他人送进或送出这些领域。

注：魔法师和能量操纵者之间有一个根本的区别，魔法师通常是从某个神秘来源获取并引导力量，这种行为可能需要使用一件被施加过魔法的物品来实现。（请见：能量操纵）

◈ 变身

变身能力指各种与"变化"有关的奇迹能力，涵盖范围非常广泛，从身体变形到状态变化，不一而足，不过基本可以分为两个子类别：

· **肉体级别**

· **分子级别**

肉体级别变身通常指奇迹者改变身体特征，从而发挥自身力量。这时的变身者通常会保持原本的人类身体机能，同时又能展现出自己的力量（身体变形者除外）。典型的肉体级别变身包括但不限于：

· **隐形**

· **延展性**（弹性 / 可塑性）

· **机体副产物**（丝、毒素等等）

· **身体变形**

· **体积变化**（巨大化或微型化）

分子级别变身指的是变身者将组成自己身体的分子从有机体状态改变为某种非有机体状态，以发挥他们的能力。典型的分子级别变身包括但不限于：

· **火**

· **冰**

· **岩石**

· **沙**

·钢铁

·水

注：一些变身者能够模仿其他类型的奇迹能力，所以初次遇到变身者，可能很难正确识别。仔细观察他们运用能力的方式就变得至关重要。如果发现他们发生了肉体级别变化或者分子级别变化，你就能确认自己面对的是一名变身者。

◈ 精神力量

精神力量指的是将自身的意识作为武器。它包括两个子类别：

· 远程感应

· 远程遥控

精神力量超能者能够洞悉和影响其他人的思想。远程感应能力通常不会表现出对肉体的威胁，但这种能够穿透意识的力量往往能造成比物理攻击更具毁灭性的伤害。

远程遥控是用意念操纵物体的能力，常常是通过意念移动物体，而这些物体的重量往往不是只凭体力就能够承受的。许多具有远程遥控能力的人还能让物体以非常快的速度移动。

注：精神力量超能者最著名的特征是其远程攻击能力。在战斗中，应当尽可能首先压制具有精神力量的人。另外，精神力量超能者常常会因为过度使用自身力量而耗尽体力。

◈ 超级智力

超级智力的水平更高于普通天才的智力，其有多种表现形式，包括但不限于：

· **超级分析能力**

· **超级信息综合能力**

· **超级学习能力**

· **超级推理能力**

注：超级智力拥有者能够在技术、工程和武器开发等领域不断取得突破。拥有超级智力的人以创造新方法来做到以前不可能实现的事情而著称。在应对超级智力拥有者的时候，你应该在思想上做好准备，因为你很可能会面对前所未有的挑战。另外，超级智力拥有者可能会以各种形态出现。最高水平的超级智力起源于非人类生物。

◇ 超级速度

超级速度指的是远高于普通快速的身体移动速度。拥有超级速度的人通常也会拥有一些相关的能力，包括但不限于：

- 强化耐力
- 改变身体状态，穿过固态物质的能力
- 超级快速反应
- 时间旅行

注：拥有超级速度的人通常也拥有超强的新陈代谢能力，每分钟能够燃烧数千卡路里的热量，所以他们需要每天多吃很多食物来保持稳定的能量水平。据观察，拥有超级速度的人往往思维也异常敏捷，要跟上他们的想法可能会非常困难。

◈ 超级体能

超级体能指的是让肌肉发挥出超水准的力量。超级体能拥有者能够举起或者推动对其所属种群来说过于沉重的物体。不过这一范围非常广，从举起自身两倍重量的物体到改变行星运行轨道的难以想象的力量，都属于奇迹范畴的超级体能。

拥有超级体能的人通常也会拥有另一些相关能力，包括但不限于：

- · **通过踩踏制造地震**
- · **强化跳跃**
- · **坚不可摧**
- · **通过拍手产生冲击波**

注：拥有超级体能的人可能不是全身肌肉同等强大。据观察，一些人可能只是一条手臂或一条腿能够表现出超级体能。

◈ 奇迹控制

奇迹控制能力可以复制或者消除其他人的奇迹能力。这种能力非常罕见，它甚至能够同时操纵多个奇迹者的能力，所以它有可能变得非常危险。如果一名奇迹控制者同时操纵了多种奇迹能力，他就有可能达到第四奇迹等级。

因为奇迹控制的独特性，具有这种能力的人往往会被认为拥有其他能力，比如直接改变或者控制其他人的力量。尽管拥有如此非同寻常的能力，奇迹控制者却常常**无法自己产生奇迹力量，只能对他人的力量加以干涉**。如果无法利用他人的力量，奇迹控制者很可能无力应对自己遭受的攻击。

注：根据观察，奇迹控制者需要靠近其他奇迹能力拥有者才可以完全操纵他们的能力。在与奇迹控制者作战的时候，建议保持合理的距离，从远处攻击他。不过，也有人观察到奇迹控制者从非常远的距离之外操纵其他奇迹能力的情况。

奇迹档案相关属性

来自奇迹超脑：

除了需要对奇迹能力及其效果有足够的了解，我们还有必要知晓构成其核心效能的关键属性。在对抗奇迹者或者与奇迹者合作的时候，了解他们的关键属性能够帮助你更深刻地掌握他们的精神和战略潜力。

以下是五个关键属性的简要解释。对此你应该已经有所了解了。注：出现在每一份奇迹档案中的数据都来自对奇迹者实际活动情况的分析。

◈ 战斗力

在直接战斗中击败敌人的能力。

◈ 耐受力

承受严重消耗、压力和伤害的能力。

◈ 领导力

率领由不同特点的成员组成的团队，赢得胜利的能力。

◈ 策略

发现并成功利用敌人弱点的能力。

◈ 意志力

在身处劣势，面对无法克服的困难时坚持下去的能力。

感谢

如果没有一些英雄充满勇气的支持，我可能在这个系列出版前就被超级恶棍们踩在脚下了。我要感谢我的妻子琳恩（神奇女士），我的儿子马修（创造队长），还有我的女儿奥利维娅（鼓励少女）。我还要感谢所有关心艾略特和他的家人们的读者。你们都是超级英雄！

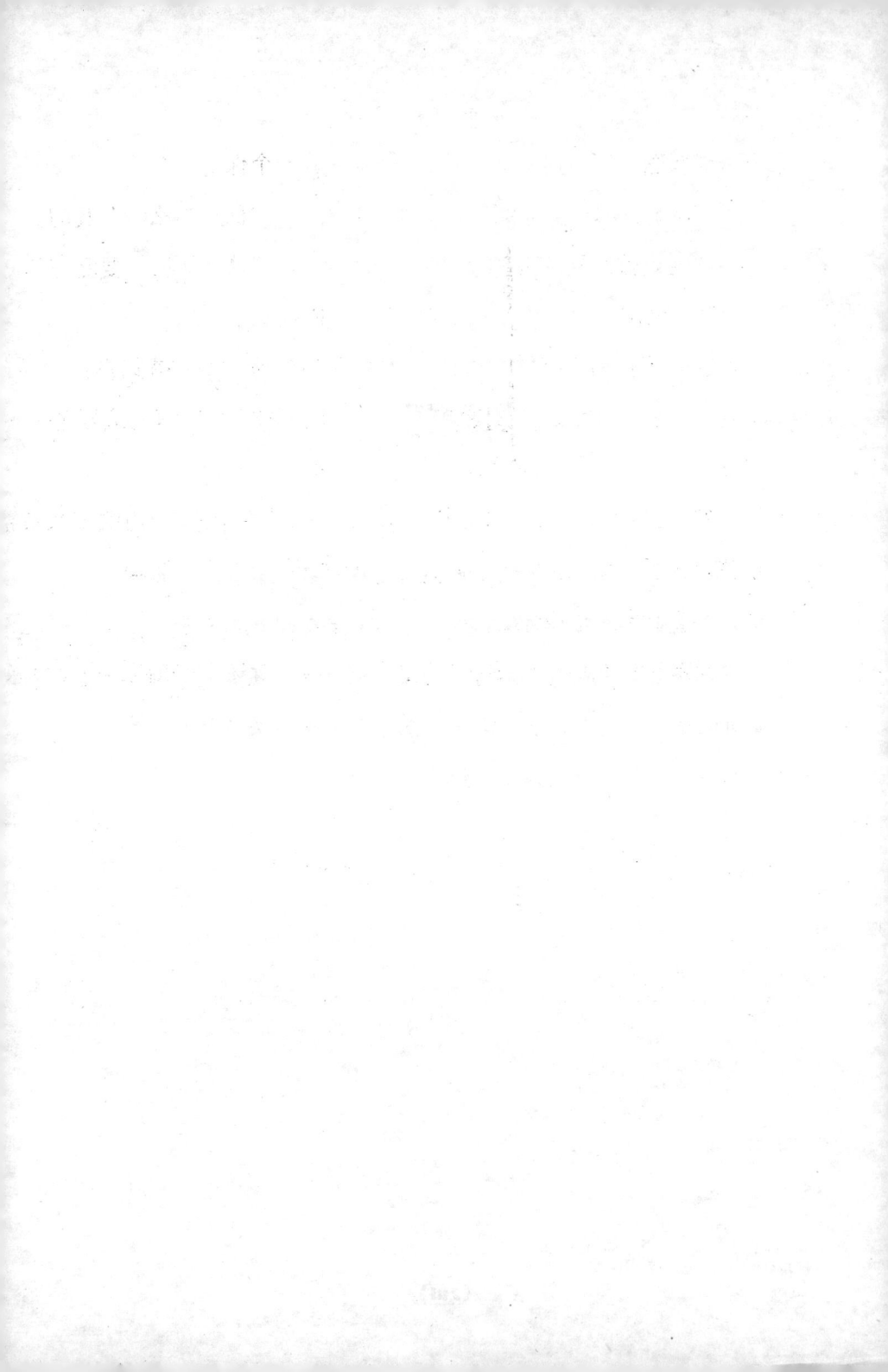